KB050749

거행

귀행 7 완결

초판 1쇄 인쇄일 2015년 1월 14일 | **초판 1쇄 발행일** 2015년 1월 16일

지은이 손연우 | **펴낸이** 곽중열 | **담당편집 팀장** 이범수
편집부 신연제 이윤아 김호성 김은경

펴낸곳 (주)조은세상 | **출판등록** 제 2002-23호
주소 경기도 연천군 미산면 청정로 1355
TEL 편집부 02)587-2966 | FAX 02)587-2922
e-mail bukdu@comics21c.co.kr

ⓒ손연우 2014
ISBN 979-11-5512-910-4 | ISBN 979-11-5512-521-2(set) | 값 8,000원

※잘못 만들어진 책은 바꿔 드립니다.
※저자와의 협의에 의해 인지는 생략합니다.

NEO ORIENTAL FANTASY STORY

손연우 신무협 장편소설

7
완 결

검쟁

북
두
(5)좋은세상

귀행 7

NEO ORIENTAL FANTASY STORY

CONTENTS

귀행

第 1 章

第 1 章.

1

늦가을의 산속은 점점 화려함을 잃어갔다.

이젠 제법 차가워진 바람이 옷 속을 파고들었으나, 등골이 서늘해지는 이유로는 충분하지 않았다.

광야와 은야는 도무지 이해할 수가 없었다. 분명히 심장이 멎은 것까지 확인한 마당이었다. 입은 부상과 내상은 회복할 수 없을 정도로 심각했었고.

그들이 어디 일을 허투루 처리하는 사람이었던가.

무엇보다 독고월이 그때 죽었다는 확실한 증거가 있었다.

술에 탄 모고와 자고를 나눠마신 야주 담천과 독고월.

야주 담천이 독야에게 지나가는 식으로 말했었다. 제 머릿속에 있던 모고가 죽었다고.

그 말이 의미하는 바는 단 하나다.

독고월의 숨은 확실히 끊어졌고, 자고도 함께 죽었다는 것이다. 독야가 만든 특별한 그 고독은 숙주와 생을 함께 한다. 심령으로 연결된 모고와 자고도 어느 한 쪽이 죽으면, 나머지 한 쪽도 그 본분을 다하고 자연히 죽는다.

그랬기에 눈앞의 존재는 도저히 있어서는 안 됐다.

멍한 표정을 한 광야가 저도 모르게 두 눈을 비벼댔다. 평소의 그를 생각하면 도무지 어울리지가 않는 모습이었다.

"꿈이 아니라 생시군."

광야의 중얼거림에 담긴 건 지독한 불신이었다.

은야도 그 심정을 십분 이해했다. 대신 은야의 영활한 머리는 만에 하나라는 가능성을 머릿속에 떠올렸다. 왜냐면 그 누구도 모를 일을 그녀 자신이 했으니까.

바로 화신단!

은야는 만에 하나 가능성을 배제하지 못했다. 죽은 독고 월에게 화신단을 아무도 몰래 던진 게 그녀다. 물론 독고 월을 살리기 위해서가 아니었다.

은야는 은신을 주 무기로 삼는 초특급 살수다. 화신단은 그녀에게 도움이 되지 않을뿐더러, 빙검(氷劍)처럼 벼려낸 기도를 흩트릴 수 있었다.

과거 천기자, 그 늙은이도 그리 말하지 않았나. 얼음

을 녹일 불을 조심하라고. 해서 화신단은 그녀에게 필요치 않아 버린 건데, 어쩌면 그게 동아줄이 되었을지도 몰랐다.

한데 이게 말이 돼?

설령 그렇다고 해도 이건 도무지 말이 안 됐다. 화신단이 제 아무리 영단이라 해도 죽었던 사람을 살리는 천고의 영단은 아니었다.

대라신선 아니, 그 할애비가 와도 죽은 사람은 못 살린다.

은야는 믿을 수 없는 시선으로 독고월을 바라봤다.

마침 독고월도 그녀를 묘한 눈빛으로 미주했다. 마치 그녀의 말도 안 되는 가정이 틀리지 않다는 듯이.

은야는 그게 자신의 착각이길 바랐다. 만약 자신이 버린 화신단이 그를 살리는 단초가 됐다면, 그리고 이 사실이 담천 하다못해 광야라도 알게 되면 그녀는 끝장이었다.

파르르.

은야의 부채 같은 속눈썹이 떨렸다. 독고월이 흘린 미소 때문이었다.

"고마웠다."

"그 무슨 뚱딴지같은 소리냐?"

광야는 솥뚜껑 같은 주먹을 말아쥐었다.

다행히 독고월에게 집중하느라 은야의 낭패한 표정을 보지 못한 그였다.

확인사살까지 해주는 독고월의 말에 참담하기 이를 데가 없었던 은야였다. 입술이 피가 날 정도로 깨물었다. 만약 이어진 광야의 목소리가 아니었다면, 따지고 들었을지도 몰랐다.

"분명 환술은 아니었을 테고… 어떻게 살아났는지 모르겠지만, 재회 기념으로 다시 한 번 죽여주마."

광야는 으르렁거리듯 허연 숨을 토해냈다. 그의 머릿속에 독고월에게 진다는 생각은 추호도 없었다.

그럴 만도 했다.

지금 독고월이 뿜어내는 기세는 뒈겼던 딱, 그 수준에 머물러 있었다.

광야의 머릿속으로 과거 담천이 했던 말이 스쳐 지나갔다.

─놈은 발칙하게도 주먹질까지 했지.

왠지 모르게 광야 자신보다 독고월을 윗줄에 놓는 듯한 느낌이 들어서다. 자신을 살기로 억누른 뒤에 한 말인지라, 광야는 분기탱천한 심정을 숨기느라 여간 고역이 아니었다. 자연히 호승심이 치밀어올랐다.

"은야, 넌 물러서도록."

"네? 같이……."

은야가 무슨 소리냐는 듯이 되물었지만, 이글거리는 광야의 눈빛에 입을 다물었다.

"나서면 결코! 용서치 않을 거다."

무인의 자존심이 하늘을 찌르는 오만한 광야다웠지만, 그런 자존심은 이미 애저녁에 버리지 않았나. 독고월을 죽이려 합공 했을 때 말이다.

이제 와서 자존심 운운하는 건 맞지 않았다.

은야는 쌍연검을 꺼내려 했다.

"지금 내 말이 말 같지 않은가?"

흉흉한 살기마저 띤 경고였다.

은야는 작약 같은 입술을 질끈 깨물었다.

이 무식하다 못해 아둔한 놈이!

마음 같아선 있는 대로 욕을 퍼부어주고 싶지만, 신분상 광야는 은야보다 윗선 인물이었다.

광야가 까라면 까야 했다.

그래서 은야는 과거 독고월이 보였던 언행이 다시 시작되길 바랐다.

둘이 같이 덤비라는 오만한 말을 원했는데.

놈은 그저 히죽 웃었다.

"사내들끼리의 승부라 좋지."

13

오히려 광야의 마음을 흡족하게 만드는 말까지 덧붙여
줬다.

은야는 지금 눈앞의 청년이 자신이 보았던 그 시건방진
놈이 맞는지 의문이 들었다.

물론 맞았다.

광야를 향해 어서 오라는 듯이 손가락을 까닥이고 있었
으니까.

스르릉.

누구보다 쉽게 도발 당한 광야는 제 애병, 혈루(血淚)를
겨눴다.

매끈한 도신이 불길한 빛을 띄웠다. 강호의 몇 없는 요
도만이 풍길 수 있는 칙칙한 분위기가 주위를 잠식했다.

"주위의 날파리 떼를 쫓아라. 방해되는 건 딱 질색이니."

광야는 목함을 은야에게 던져주며 명했다.

그걸 본 독고월의 눈빛이 깊어졌다.

"그러죠."

은야는 그걸 받아들자마자 은신술을 펼쳤다. 다행히 광
야는 그렇게까지 멍청이는 아니었다. 혹시라도 있을, 만에
하나 경우를 대비해 은야에게 건넨 목함만 봐도 알만했다.

광야가 벌어준 시간이라면 은야는 임무완수를 하고도
남았다.

광야에겐 독고월과의 재대결도 중요하지만, 야주 담천

14 7

을 향한 충성심은 더욱 중요했다.

"그땐 내 실력을 다 보여주지 못했는데, 마침 잘됐구나. 아쉽겠어? 겨우 삼도천에서 빠져나왔는데, 도로 들어가야 하니 말이야."

"갔더니 그러더군."

독고월은 눈매가 부드럽게 휘었다.

광야의 두툼한 입술이 점점 일그러졌다. 이어진 독고월의 말 때문이다.

"꼭 와야 할 놈들은 안 오고 왜 귀인이 오셨냐고."

"허허, 죽다 살아나니 눈에 뵈는 게 없나 보군. 자신감이 과해."

"사내 하면 자신감이지. 시작 전에 두 가지 물어볼 게 있는데 말이야."

독고월이 손가락 두 개를 펴 보였다.

광야는 인상을 썼다.

"뭐냐?"

"뭘 훔치려고, 흑궁에 잠입한 거지?"

"그걸 내가 말해줄 거 같으냐?"

광야가 어처구니없는 놈 다 보겠다는 듯이 혈루를 등 뒤로 젖혔다. 쓸데없는 잡소리 하지 말고, 어서 시작하자는 뜻이었다.

독고월이 중지를 접고, 남은 검지를 좌우로 까닥였다.

아직 물을 질문 하나가 남았다는 거다.

어차피 광야는 답해줄 생각이 없었기에 턱을 치켜들었다. 이미 만반의 준비를 마친 상태였다. 놈이 묻는 순간에 혈루로 일도양단할 작정이었다.

선수를 양보할 생각 따윈 없었다. 이곳은 아직 적지였다. 시간을 끌수록 광야에겐 불리했다. 무서운 건 아니지만, 귀찮은 건 딱 질색이었다. 자신들의 존재를 들키는 것도 그렇고.

그 내심을 짐작한 독고월은 픽 웃었다.

"넌 대체 무슨 자신감으로 나와 일대일 대결을 고수하는 거지? 죽고 싶어 환장이라도 했냐?"

"뭐라고?"

막 출수하려던 광야는 저도 모르게 되물었다.

그 찰나의 방심을 틈타고 날아온 벼락 줄기!

쫘르릉!

광야는 귀청을 먹먹하게 만드는 놈의 기습적인 출수에 기함했다. 속으로 비겁한 새끼라며 있는 대로 욕을 퍼부어 대면서.

2

독고월은 시작부터 초강수를 두었다.

제오도인 섬월!

독고월이 가장 자신 있어 하는 한 수였다.

날아든 벼락이 그리는 궤적은 쾌진격이었다. 말 그대로 거칠 것이 없었다.

설령 앞에 거악이 버티고 있다고 한들!

섬월의 궤적 앞에선 무사치 못했다.

우두둑!

그럼에도 혈루를 통해 뽑아낸 도강이 무시무시한 벼락을 온전히 받아냈다. 찰나지간 방심을 이용한 기습적인 한 수임에도 광야를 가르지 못한 것이다.

"이래야 재밌지."

흥이 난 독고월의 미소를 광야는 떨리는 눈으로 바라봤다. 놀랍게도 떨리는 건 눈동자만이 아니었다. 팔다리가 후들거리는 중이다.

놈이 펼친 어마어마한 공격이 전신을 관통한 충격은 예상외였다.

광야는 머릿속에서 방심이라는 단어를 지워버렸다. 자신이 독고월보다 우위에 있다는 같잖은 생각과 함께.

"…솔직히 놀랍군."

광야는 순순히 인정했다. 눈앞의 놈이 어마어마한 고수라는걸.

경시하던 마음을 버린 광야의 눈빛은 깊어졌다.

독고월은 월광도를 뒤쪽을 향해 늘어트렸다.

"인사치고는 괜찮았지?"

인사치고는 아주 무례했다. 하마터면 삼도천을 헤엄쳐서 건널뻔한 광야 입장에선 말이다. 광야는 곁눈질로 제 주위를 둘러봤다. 자신이 서 있는 땅을 제외한 곳에 새겨진 모양은 대단했다.

흉험한 상흔이 땅에 아로새겨졌다.

인체에 새겨졌다면 끔찍할 문양.

"벼락이군."

"제법 흉내는 내는데, 아직은 대성하질 못했지. 그래도 인사치고 나쁘지 않아."

"……"

바로 이어진 독고월의 대답에 광야는 나오려던 침음을 삼켜냈다.

대성하지 못한 무공이 이 정도라면, 대성했을 시에 어떨까?

상상만으론 그 위력이 짐작되질 않았다.

독고월이 광야를 향해 느물거리며 말했다.

"휴식은 충분히 취했을 테고."

"……!"

광야의 저린 팔다리의 상태를 알고 말하는 것이다. 치욕스런 말에 광야의 얼굴빛이 좋지 않았다. 분위기를 환기시

18

키는 척하며, 짧게나마 휴식을 취하려던 속내를 들켰다.
거칠어진 음성이 터져 나왔다.

"너무 자만하지 않는 게 좋을 거다."

"자만할만하니까, 거기다 내 콧대가 좀 높지?"

"그 콧대를 박살 내주마."

광야가 씹어뱉듯이 말했다. 혈루를 움켜쥔 손등의 핏줄
이 터질 듯이 불거졌다.

"내 초식도 받아보아라!"

후와아앙—!

위력적으로 내려친 광야의 초식은 일견하기엔 아주 단
순했다. 눈을 현혹하는 화려함이 없었다.

그저 투박하다.

하지만 독고월의 눈빛은 이를 경시하지 않았다. 가장 경
제적인 검로를 따른 일도양단이었다. 불필요한 점을 일절
배제한 광야의 초식은 그래서 무서웠다.

까아앙—!

독고월은 월광도에서 전해지는 묵직함에 입꼬리를 올렸
다.

"칼춤 한 번 추어보기엔 나쁘지 않지."

"이게 네놈의 마지막 칼춤이 될 거다."

광야의 호목(虎目)이 흉포하게 빛났다.

휘휘휘휘휘획!

순식간에 이어진 여섯 번의 칼질.

질풍노도처럼 몰아치는 게 이와 같을까.

과거의 독고월이었다면 감히 받아낼 엄두도 내지 못했을 거다. 물론 지금은 아니었다.

까가가가가강—!

광야의 광폭한 칼질을 어느 하나 흘리지 않고, 있는 힘껏 받아내었다.

칼날이 맞닿은 채 멈췄다.

피하고자 마음먹었다면 피할 수도 있었다.

하지만 독고월은 그러지 않았다. 이런 천금 같은 수련 기회를 버리긴 싫었다. 게다가 야주 담천과 자신의 차이를 어느 정도 가늠해볼 수 있는 절호의 기회다.

육도낙월의 대성을 노려보자.

독고월이 자신만만하게 웃었다.

"쉽게 받아내니 좀 놀랍지?"

"웃기는군, 지금 손 떨리는 거 다 보인다."

부르르.

말 그대로 독고월의 팔은 혈루의 여력을 채 해소 시키지 못했다.

그 정도로 광야의 실력은 제법이었다.

까각!

독고월은 코웃음과 함께 혈루를 밀어냈다.

"일종의 상이지. 다 늙어 힘 빠진 노친네 기 좀 살려주려고."

"상주는 게 아니라 벌 받는 거겠지!"

까각!

광야는 코앞까지 닥친 월광도를 거력을 써서 견뎌냈다.

독고월도 지지 않았다.

힘과 힘의 격돌.

파박!

그걸 깬 건 광야였다. 혈루를 미는 척하며 보법을 밟아 독고월의 옆으로 돌아갔다. 마치 거친 격류가 장애물을 만나 깎아내어 돌아가는 것과 같았다.

"잡았다!"

순간 독고월의 옆구리가 비었다.

광야의 솥뚜껑이나 다름없는 주먹이 빈자리를 향해 꽂혔다. 갈비뼈가 수수깡처럼 부러져나가도 남을 거력이 담겨 있었다.

따악!

독고월은 그걸 팔꿈치로 가볍게 막아냈다.

움켜쥔 광야의 주먹에 팔꿈치가 작렬했다.

신음은 두 사람에게서 나왔다.

"큭."

"크으."

독고월과 광야는 한 발짝씩 물러났다. 각기 저린 팔과 주먹을 움켜쥐었다.

퍼버버버벅!

삽시간에 둘은 십수 합을 주고받았다. 도보다 육탄전에 치중한 공방이었다.

두어 대 손해를 본 광야는 아픈 내색을 감추며 흉측하게 웃었다.

"탐색전은 이쯤하고, 제대로 시작해주마."

"지랄, 이마 위에 땀 봐라. 누가 보면 홍수라도 난 줄 알겠네."

독고월은 신랄한 말과 함께 월광도를 땅에 꽂았다. 박투한 번 제대로 벌이자는 듯이.

얼른 이마를 훔친 광야도 기다렸다는 듯이 애병 혈루를 꽂아넣었다.

쇄액!

물론 독고월을 향해서였다.

"멍청한 놈!"

벼락처럼 기습을 가한 광야가 비웃었다. 훤히 드러난 독고월의 가슴을 향해 혈루가 쏘아졌다. 피할 수 없을 거라 여긴 광야의 입꼬리가 올라갔다. 그러나 도로 내려와야 했다.

파앗!

독고월이 휘릭— 신형을 돌리더니 옆에 꽂힌 월광도를 발등으로 후려쳤다.

너무 시기적절하게 신형이 돌아간 터라, 내찌른 혈루는 독고월의 가슴팍에 길게 혈선을 그리는데 그쳤다.

게다가 얕다!

"이놈!"

광야는 그대로 변초를 부려 목줄기를 노렸지만.

시기적절하게 광야의 눈 밑으로 올라오는 흙더미가 있었다. 독고월이 월광도를 발등으로 후려친 결과물이었다.

광야는 서둘러 남은 손으로 얼굴을 가렸다.

휘리릭!

그리고 기다렸다는 듯이 이어지는 멋들어진 바람 소리.

신형을 풍차처럼 돌려낸 독고월의 남은 뒷발이 훤히 드러난 광야의 복부에 꽂힌 것이다.

퍼어억!

가죽 북이 터지는 듯한 소리.

광야의 신형이 낫 모양으로 꺾였다.

"흐어어."

고통 어린 신음은 덤이었고, 땀이 도로 이마 위에 송골송골 맺혔다.

"……!"

광야의 머릿속에 경종이 울렸다. 그대로 몸을 굽히다 못해 바닥에 엎드렸다.

피잉!

잔뜩 당겨진 활시위기 끊긴 듯한 날카로운 소음이었다.

이미 광야는 미친 듯이 땅바닥을 굴렀다. 강호인이라면, 그와 같은 초절정고수라면 치욕스럽게 여길 나려타곤이었다. 지금껏 단 한 번도 해본 적이 없었던 회피에 광야의 얼굴이 붉어졌다.

뻐엉!

기다렸다는 듯이 복부에 작렬하는 강렬한 발차기.

광야는 얼굴을 있는 대로 찡그렸다.

"크헉!"

하지만 아파할 새도 없었다. 그대로 땅을 등으로 퉁겨 일어나야만 했다.

콰앙!

땅을 가르는 아니, 분쇄해버릴 듯한 위력적인 일도가 조금 전 광야의 머리가 있던 곳을 내리쳤다. 간담이 서늘해지다 못해 얼어붙는 것 같았다.

피잉!

숨 쉴 틈 없이 이어지는 벼락같은 일격.

거무튀튀한 월광도가 코앞으로 무섭게 확대됐다.

까앙!

가까스로 혈루를 들어 막아냈지만, 거구가 무색하게 쭉 밀려났다.

독고월의 연환공격은 그야말로 질풍노도였다. 거기다 펼치는 한 수, 한 수가 그가 익힌 육도낙월의 정수가 녹아 들어 있었다.

"크흑!"

피잉!

또다시 이어진 횡소천군이 그리는 궤적은 섬월을 무척 닮았다.

내공을 일절 배제하고 펼치는 육도낙월.

그저 무지막지한 내공으로 펼치는 무식한 무공이라 여겼는데. 이리 정교하고도 끔찍하리만치 위력적인 무공이라니.

까앙!

광야는 혈루를 겨우 들어 막아내면서 욕설을 퍼부었다. 왠지 농락당하는 느낌을 지울 수가 없다.

"내공을 배제해? 설마 네놈은 이 광야를 상대로 무공수련을 하려는 것이냐!"

훌쩍 두 걸음을 물러서며 혈루를 독고월에게로 겨눴
다.

막 육도낙월의 제일도 삭월을 펼쳐 들려던 독고월이 손
을 멈췄다.

"왜 힘들어? 쉬고 싶어서 그래?"

"아니다!"

광야가 한껏 붉어진 얼굴로 항변했지만, 독고월이 흘린
비소에 더욱 빨게졌다.

"잠시 숨돌릴 틈은 주지."

"필요 없다!"

꽥 소리친 광야의 목엔 핏줄이 도드라졌다.

휘익!

알겠다는 듯이 그 목을 노리고 독고월이 들이닥쳤다.

휘휘휘휘휘휙!

월광도가 그려낸 삭월의 궤적은 과거 독고월이 고산에
서 산적들을 향해 펼쳤던 도기들이 그린 궤적처럼, 도의
잔영들이 광야를 미친 듯이 내리찍어갔다.

허상이 아니라 하나하나가 모두 진짜였다.

"으아아아!"

광야는 혈루를 미친 듯이 휘둘렀다.

까가가가가강!

혈루가 부서질 듯이 진동하고, 발 디딘 땅이 움푹움푹—

들어갔다. 하지만 독고월은 멈추지 않았다.

쉬쉬쉬쉬쉬쉬쉭!

제이도 반월을 펼쳐 들었다. 배나 강해진 위력적인 초식을 펼치는 데 여념이 없던 것이다. 도의 잔영들이 더욱 배가 됐다.

광야의 입장에선 죽을 맛이었다.

자존심 때문에 놈처럼 내공을 일절 배제하고 초식을 막아서고 있지만, 이젠 정말이지 힘들었다.

주책 맞게 후들거리는 팔다리는 어서 빨리 내공을 보내달라고 아우성이었다. 지금 이 상태로는 도저히 견디기가 힘들다는 듯이.

"웃기지 마!"

광야의 떡 벌어진 대흉근이 부풀어 올랐다.

힘 대 힘에서 밀린 적이 없던 그였다.

저런 비실비실, 얍삽해 보이는 놈에게 힘으로 밀린다면 지금껏 쌓아온 자존심은 어쩌란 말인가.

까가가가강!

혈루를 양손으로 부여잡고 정신 나간 사람처럼 휘둘렀다. 정말 정신 나간 사람처럼 굴었단 이야기가 아니다. 광야 또한 이 강호에서 적수를 찾아보기 어려운 초절정고수였다.

당대의 마교주쯤 돼야 상대할 수 있을까.

무인의 자존심이 하늘을 찌르고 남았다. 하지만 독고월의 앞에선 한없이 작아지는 광야였다.

놈은 피로라는 걸 모르는 미친놈처럼 계속해서 육도낙월을 펼쳐 들었다.

반복, 또 반복.

이제 좀 끝났을까 싶으면, 육도낙월은 벼락처럼 날아들었다.

그리고 매번 펼칠 때마다 육도낙월은 달라졌다.

대자연의 절기가 같은 것 같으면서도 매번 다른 느낌을 주듯이.

독고월이 펼친 육도낙월에 점점 형식이라는 틀이 없어지고 있는 것이다.

초식이 없는 경지에 오른 건 광야만이 아니다. 그랬기에 이게 얼마나 무서운 거란 걸 누구보다 잘 알았다.

육도낙월은 지금 큰 틀을 깨는 중이다.

머릿속에서 수천수만 번 경종이 울린다.

이대로 놔두면 놈은 육도낙월의 대성을 이룬다.

무아지경에 빠진 놈의 눈동자만 봐도 알만하잖은가.

광야는 그걸 알면서도 멈출 수가 없었다. 놈이 곧 육도낙월의 대성을 이룰 거란 걸 아는데도, 놈이 펼친 연환 공격을 막아내는 데 급급했다.

머리로는 그 위기를 알아도, 위기를 타개할 방법이 없

었다.

변수가 필요했다.

광야는 더이상 고집부리는 걸 관뒀다. 그리고 인정했다. 독고월과의 힘 대 힘 대결에서 밀렸다는 걸.

"으아아아아—!"

상처 입은 야수처럼 고래고래 소리를 지른 광야.

우우우우웅.

그가 쥔 혈루도 울었다.

번쩍!

견디다 못한 광야가 있는 대로 내공을 퍼부어 완성한 검강이 월광도를 때렸다.

휘릭!

월광도 아니, 독고월은 그것에 맞서지 않았다.

바람결에 날리는 낙엽이 바람을 거부하지 않는 것처럼, 그저 몸을 실을 뿐이었다.

휘이잉.

월광도가 낙엽처럼 춤을 추듯이 혈루의 검강을 타고 흘렀다.

그 수려하기 짝이 없는 움직임에 광야가 두 눈을 찢어질 듯이 부릅떴다.

이런저런 형식에 구애받지 않는 독고월은 광야가 만들어낸 거친 격류를 거스르지 않았다.

저 창공 위를 떠도는 구름처럼 흘러갈 뿐이다.

유유자적하게.

모든 걸 벗어던진 독고월의 손에 월광도가 떼어졌다. 격전 중에 제 병기를 버리는 어처구니 없는 짓이라니!

광야는 그리 생각했지만, 코앞으로 다가온 독고월의 미려한 얼굴에 바들바들 떨었다.

"네놈도 단전에 그저 때려 박아넣었을 뿐이구나."

알 수 없는 말.

광야는 순간 그게 제 경지를 말하는 것임을 직감했다. 그리고 온몸을 찌르르― 관통하는 충격에 입을 쩍 벌리고 말았다.

쩌저저저저쩡―

묵직한 쇳덩이를 더 강한 쇳덩이로 후려치는 타격음이 산을 울렸다.

독고월의 강철같은 두 주먹이 광야의 육신에 아로새긴 섬월의 궤적이었다.

"끄어어어……."

광야의 벌려진 입에서 침이 줄줄 흘러나왔다. 형언할 수 없는 고통이 전신에 작렬한 탓이다.

독고월이 광야의 이마를 밀쳐내며 냉소를 흘렸다.

"어디 한 번 화신단이란 것도 먹어봐라. 용이라도 써봐야지."

"크윽!"

타의로 휘청거리며 물러서고만 광야의 얼굴빛이 검붉어졌다.

3

끔찍한 고통에 머릿속이 하얘진 광야는 얼른 앞섶을 뒤졌다. 놈이 어떻게 자신에게 화신단이 있는지 알았는가는 중요치 않았다.

달칵!

당면한 위기에 유일한 구명줄이라도 되는 것처럼, 화신단을 작은 목함에서 꺼냈다. 그리고는 숨도 삼키지 않고, 화신단을 꿀꺽 삼켰다.

목구멍은 물론 가슴 속까지 턱턱 매여왔지만, 광야는 곧 닥칠 불길 같은 기운, 극양지기를 기다렸다.

아니나 다를까.

화아아아악―!

온몸을 들끓게 하는 극양의 기운이 이윽고 찾아왔다.

광야의 일그러진 두 눈동자에 극양지기가 줄기차게 흘러나왔다.

"크으으으."

전신이 부서진 것만 같던 격통으로 마비된 머릿속이 그

제야 풀렸다. 시야가 확 트이는 동시에 얄밉게 웃는 놈의 얼굴이 들어온 것이다.

독고월은 흥미롭다는 듯이 광야를 살펴봤다.

"확실히 대단하긴 해. 어찌 보면 과거 군백이란 놈이 먹었던 잠력환보다 효과도 좋고, 보아하니 후유증도 없어 보이고 말이야."

탐색을 마친 독고월의 태도는 너무나도 여유로웠다. 제 턱까지 잡으면서 생각에 골똘히 잠긴 것이, 숫제 꿰다놓은 보릿자루 취급이었다.

"놈 후회하게 해주마!"

광야는 금방에라도 폭발할 듯이 벌게진 눈동자로 쏘아봤다.

독고월은 손을 뻗었다. 허공섭물로 끌어당긴 월광도가 손에 착 감겼다.

"이제 이차 가야지?"

"크으으."

모멸감에 치가 떨린 광야는 혈루를 움켜쥐었다. 온몸을 휘감는 어마어마한 내력증진에도 지울 수 없는 불안감이 있었던 것이다.

그 주저하는 모양새에 독고월은 어처구니없다는 듯이 웃었다.

"왜, 떠나보낸 은야가 아쉽더냐?"

"그 입 닥쳐라."

"부르거라. 어차피 이곳을 벗어나지 못했을 테니."

"……!"

광야는 순간 제가 잘 못 들은 건가 싶었다. 이게 무슨 귀신 씨나락 까먹는 소리란 말인가.

독고월은 혀를 끌끌 찼다.

"멍청한 머리는 뒀다가 뭐해? 생각 좀 하고 살아. 너하고 지금 내가 이렇게 싸우고… 아니지! 네놈이 박 터지게 쥐어 터지고 있는데, 왜 이렇게 주위가 잠잠하겠느냐?"

"……!"

듣고 보니 그랬다. 아무리 흑도맹을 무시한다고 해도 분명 천라지망을 펼쳤을 그들이다. 그리고 놈들이 자랑하는 추혼단도 풀었을 테고.

한데 왜 이렇게 조용하지?

광야는 저도 모르게 그리 물을 뻔했다.

막 입을 벌리려던 광야를 보며 독고월은 쓰게 미소 지었다.

"…얼마 전까지는 네놈들이 제법으로 보였는데 말이지. 지금 보니 영 아니야. 그간 비망록 덕분에 제법 있는 척하고 살았는데, 변수 하나 등장하자 전전긍긍하는 꼴이라니. 정말이지 한심해."

"……!"

광야의 신형이 잘게 떨렸다. 이렇게 모욕적인 언사를 들었는데도 광야는 섣불리 움직이지 못했다.

독고월은 흥이 식은 얼굴로 등을 돌렸다.

"재미없군."

광야는 순간 감당키 어려운 치욕 감에 머릿속에 쥐가 날 뻔했다.

감히 누굴 앞에 두고 등을 돌린단 말인가.

"멈춰라, 이놈아!"

온 힘을 다해 퍼부은 혈루의 도신에 도강이 맺히고, 땅거죽이 밀릴 정도로 자릴 박찼다. 신형이 번개처럼 쏘아졌다. 아니, 그래야만 했다.

부들부들.

하지만 광야는 그러질 못했다. 등까지 돌린 독고월이 무서워서가 아니었다.

어디선가 시작된 잘못됐다는 느낌이 전신을 강타한 것이다.

시작점은 혈루였다.

맺혀 있어야 할 찬란한 도강이 파도에 젖은 모래성처럼 그 형태가 뭉개지기 시작했다.

"뭐, 뭐냐 이건!"

심장이 쿵! 하고 떨어질 정도로 경악한 광야였다.

독고월은 답해주지 않았다. 그저 걷고 또 걸을 뿐이었

다. 네놈에게 조금도 관심 없다는 듯이.

저벅.

광야는 당장에라도 달려가 그 등에 혈루를 꽂아넣고 싶었다. 하지만 떼지는 걸음은 딱 한 걸음이었다.

"으, 으으! 내게 무슨 짓을 한 거냐!"

우뚝.

드디어 걸음이 멈춰선 독고월, 그가 서서히 고개를 살짝 돌렸다.

매력적인 눈꼬리에 걸린 검은 눈동자는 뼈에 사무칠 정도로 차가웠다.

"금이 잔뜩 간 둑에 물줄기를 대었으니, 그 끝은 어떻게 될까?"

물음에 물음으로 답하는 시건방짐을 따질 겨를이 광야에겐 없었다. 놈이 제 몸에 가한 묵직한 타격들이 떠올랐다.

"설마……!"

그제야 광야는 서둘러 제 상태를 살펴봤다.

독고월은 혀를 차고는 다시 걸음을 옮겼다.

광야는 그 뒷모습을 멀거니 바라보다가 제 몸, 정확히는 단전상태를 확인하고 할 말을 잃었다.

그렇지 않아도 금이 잔뜩 간 단전이 화신단으로 말미암아 박살 났다. 겁화의 불길처럼 범람한 진기들을 감당치 못한 것이다.

아무리 질 좋은 그릇이라도 금이 간 상태에서 어마어마한 열기를 가하면 깨져버리듯이.

광야의 단전은 약해질 대로 약해진 상태.

그런 상태에서 화신단은 그야말로 극독이 되었다.

"화, 화신단을 먹으라고 한 것도……!"

"후후."

광야의 중얼거림을 비웃음으로 받아준 독고월이었다.

"으, 으."

이럴 순 없는 거다. 무인으로서 이런 최후를 당할 순 없었다. 목숨보다 소중한 단전을 잃은 광야의 허망한 눈동자가 독고월의 등을 담았다.

곧 그 허망함이 감당키 어려운 분노의 불길을 일으키는 건 당연한 수순이었다.

"으아아아아!"

혈루를 움켜쥔 광야는 전신으로 흩어지는 진기를 있는 대로 끌어모았다. 그리고 신법을 밟았다.

마지막 발악은 제법이었고, 내지르는 혈루의 속도 또한 나무랄 데가 없었다.

하지만 독고월에겐 손색이 많았다.

휙.

아주 가볍게 신형을 틀어 피해냈다. 그리고 실망 대신 기대에 찬 광야의 눈빛을 보고 입꼬리를 비틀었다.

독고월의 손에 무인으로서의 최후를 맞이하길 원하는 것이다.

무인으로써 가질 영예로운 죽음.

한데 그런 게 가당키나 해?

독고월은 비틀린 입매만큼 비틀어 쥔 주먹으로 광야의 얼굴을 쳐 날렸다.

빠아악!

느닷없는 한방에 광야의 얼굴이 일그러졌다. 반쪽이 그대로 허물어졌다. 하지만 목숨엔 지장이 없었다.

털썩.

비칠거리며 물러난 광야는 그대로 주저앉았다. 까무러칠 듯한 고통이었다. 심적인 고통에 비하면 육체의 고통은 아무것도 아니었다.

"흐, 흐어어어!"

후두둑.

뼈는 물론, 이까지 떨어져 내린 광야의 얼굴은 그야말로 처참했다.

독고월은 가볍게 주먹을 털어내며 말했다.

"가서 네 주인에게 전해."

"으으, 으으으!"

광야는 회색으로 젖어든 눈동자로 독고월을 올려다봤다.

    뼛속까지 시리게 만들 푸른 귀화가 광야를 그대로 깔아

뭉겠다.

    "내 곧 찾아가겠다고."

第 2 章

第 2 章.

1

단전을 잃은 충격이 너무 컸던 걸까? 아니면 독고월에게 농락당한 게 충격이 컸던 걸까?

광야는 반쯤 실성한 사람처럼 있더니, 곧 미친 듯이 내달리기 시작했다.

"으아아아!"

모든 걸 잃은 짐승의 포효에서 처절한 비애가 느껴진다.

독고월은 코웃음으로 일별하고는 다시 걸음을 옮겼다.

그리 멀지 않은 위치에 있는 숲 속은 고요했다.

바늘 하나 떨어지는 소리가 천둥소리처럼 들릴 정도였다.

그럼에도.

독고월의 예민한 기감은 기척을 잡아냈다.

그것도 두 개나.

하나는 익숙한 것이었고, 나머지 하나는 죽은 듯이 미동도 하지 않고 있었다. 독고월이 아니었다면 아무도 찾지 못할 고도의 은신술이다.

부스럭.

독고월이 오자마자 익숙한 기척이 낸 소리였다.

"어디 갔다 이제 와, 기다렸잖아—! 본녀가 얼마나 무서웠는 줄 알아? 잘난 남정네도 아니고, 살 떨리게 무서운 살수 년하고 단둘이 지지고 볶아야 하는 기분을 아느냐고!"

가해월은 나타나자마자 징징댔다.

하긴, 그럴 만도 했다.

아무리 가해월이 환술에 일가견이 있어도, 천하제일이라고 칭해도 무방할 특급살수를 붙잡아 두는 덴 한계가 있었다.

모든 오감을 차단한 채 훈련받은 특급살수에게 환술은 그리 유용한 대처수단이 아니었다.

가해월 또한 그걸 잘 알았기에 환술을 걸 때마다 심장이 덜컥! 거리며 내려앉았다.

"고년이 환술 걸 때마다 날린 암기들 때문에 당한 이 꼬라지 좀 보라고!"

그러면서 척하고 양팔을 벌리는데.

아무런 이상이 없었다. 핏자국은 눈을 씻고 봐도 없었고, 단지 흑도맹에서 선물 받은 화려한 의복만이 넝마가 되어있을 뿐이다.

제법 마음에 들었던 의복이었기에 가해월은 발만 동동 굴렀다.

"짜증 나! 저 옷에 대한 예의라곤 눈곱만큼도 없는 계집을 매우 쳐야 하는데, 무서워서 그러진 못하겠고. 이제 한 계야. 본녀는 몰라!"

가해월이 확 토라졌다.

스윽.

독고월은 가해월을 가볍게 지나치는 척하다가 확! 껴안았다.

"어머, 갑자기 이건 또 무슨 횡재래!"

가해월이 이 적기를 놓칠세라 독고월의 목을 양손으로 옭아맸다.

쓰윽!

순간 가해월의 등줄기가 서늘해졌다.

팔랑거리며 떨어진 머리카락들.

독고월이 조금만 늦었어도 잘린 건 가해월의 머리카락이 아니었으리라.

까앙!

공간을 격하고 나타난 듯한 어둠에서 불꽃이 튀었다. 독고월이 내지른 월광도에 은야의 전신을 감싼 어둠이 풀린 것이다.

불꽃에 비친 옥용이 참담함으로 일그러졌다.

"흐웃!"

쇄애액!

눈으로 좇기 힘든 쾌검이 가해월의 뒤통수, 정확히 그녀의 머리와 맞닿은 독고월의 목줄기를 노렸다.

긁적.

순간 가해월이 뒤통수가 너무 가려워 저도 모르게 긁적이고 있을 때.

독고월은 월광도로 가볍게 쳐냈다. 아니, 쳐내려고 했다.

휘리릭!

영활한 뱀처럼 월광도를 휘감는 연검!

그랬다.

은야의 독문병기는 허리춤에도 맬 수 있는 낭창낭창한 연검이었다.

휘리릭!

그것도 두 자루나 됐다.

한 자루는 월광도를, 남은 한 자루는.

빛처럼 빠른 기습적인 한수로 가해월의 하얀 목에 휘감

거 있었다. 연검은 촘촘히 따리를 튼 독사처럼 시퍼런 눈으로 혀를 날름거렸다.

주륵.

목의 경동맥을 압박한 연검이 아주 미세하게 흔들리자, 핏물이 슬쩍 배어 나온다.

은야는 작약같이 도톰한 입술로 말했다.

"조금이라도 움직이면 이 입 더러운 나이든 계집의 목숨은 없을 줄 알아요."

은야의 목에 닿을 뻔한 독고월의 월광도는 당연히 멈췄다.

은야는 득의양양한 미소를 지었다.

"실수를 무시하면 큰코다치는 법이죠."

"여인을 무시해도 큰코다치는 법이지."

느닷없는 독고월의 말에 은야는 고운 아미를 찌푸렸다. 들려온 욕설 때문이었다.

"이런 보기 드문 쌍년을 봤나!"

우그극!

연검을 움켜쥔 가해월의 손아귀.

날카로운 예기에 배인 손바닥에 피가 흥건함에도 가해월은 꽉 움켜쥔걸 놓지 않았다.

쉭.

월광도를 놓은 독고월이 수도(手刀)로 연검을 내리쳤다.

기민함이 돋보이는 솜씨였다.

딱!

보도에라도 잘린 것 마냥 연검은 허무하게 두 동강이 났다. 모든 걸 잘라낸다는 검강이 채 형성되기 전이라 가능한 일이었다.

"이, 이럴 수가!"

당황한 은야가 비칠거리며 물러났다. 설마 독고월이 자신의 무기를 이리 쉽게 버릴 줄도 몰랐고, 기민하다 못해 번개처럼 빠른 독고월의 수도는 어찌해볼 수준도 아니었다.

거기다 제 손가락이 잘려나갈 걸 두려워하지 않은 가해월의 공이 가장 컸다.

마침 머리카락이 올올이 곤두설 정도로 분노한 가해월이 바닥에 침을 퉤! 하고 뱉었다.

"이런 쌍연검이나 써대는 쌍년이 어디 감히 본녀의 옥체에 손을 대? 그리고 나이 든 계집? 하! 이런 근본도 모를 어린 계집년을 봤나. 근데 알아? 네년이 지금 어마어마한 실수한 거?"

"……."

은야는 설마 자신 손이 잘릴 뻔한 걸 말하는 건가 싶었다.

"본녀의 섬섬옥수가 잘려나갈 뻔한 건 그렇다 쳐!"

넝마가 된 옷으로 연검을 움켜쥔 손을 동여매고, 혈도를 짚은 가해월이 두 눈에 쌍심지를 켰다.

"한데 이 옷 어쩔 거야?"

"……."

"이 선녀의 날개 같은 옷 어쩔 거냐고, 이 천하에 둘도 없을 쌍년아악!"

화내야 하는 핵심이 너무 남달라서일까.

은야는 할 말을 잃었다.

가해월은 길길이 날뛰었다.

"아이구, 이 아까운 옷. 아직 상공 놈 앞에서 개시도 못 해봤는데, 번데기에서 나비처럼 허물 벗듯이 진즉 벗어젖혔어야 했는데!"

"……."

"……."

두 사람이 침묵했다.

가해월이 성깔을 있는 대로 부렸다.

"어쩔 거야, 이년아! 이 옷 어떡할 거냐고 묻잖아—!"

독고월은 손을 들어 얼굴을 가렸다.

은야는 뭐 저런 미친년이 다 있나 싶은 얼굴로 주춤거리며 물러났다.

가해월은 때려죽이고 남을 눈빛으로 쏘아봤다.

"얼굴 좀 반반하다고, 똥 눌 곳을 모르는 것도 모자라,

똥오줌마저 못 가리지? 하여튼 예쁜 것들은 다 잡아 족쳐
야 해! 제 년들은 예쁜 옷 쳐 안 입어도 그리 쳐 예쁘시니
까, 옷을 이렇게 함부로 대하지? 너 만 냥 아니, 십만 아니,
백만 냥 있어? 이거 백만 냥으로도 구할 수 없는 거라고,
본녀한테 이렇게 잘 어울리는 옷 구하기가 얼마나 어려운
건데… 어쩔 거야? 아, 어쩔 거냐고—!"

고리대 빚 받으러 온 빚쟁이나 할 법한 협박에 은야는
대꾸할 말을 찾지 못했다.

지금 상황에서 그런 게 중요하단 말인가.

정작 독고월은 팔짱을 낀 채 한발 물러섰다. 둘이 알아
서 해결하라는 태도였다.

기회라는 생각에 은야의 눈빛이 번쩍였다. 가해월을 제
압하고, 인질 삼아 빠져나갈 방도가 보인 것이다.

그 내심을 짐작한 가해월의 두 눈이 희번덕거렸다.

"이 년이 옷값 물어내라니까, 도망갈 궁리만 한다 이거
지? 좋다, 이거야. 내 오늘 네년의 머리털은 죄다 뽑아버
려 주마!"

말이 끝나기 무섭게 득달같이 달려드는 가해월의 기세.

"……!"

초절정고수인 은야마저 주춤거리며 물러나게 할 정도로
흉흉하기 짝이 없었다.

2

은야와 가해월의 무공 차이는 엄연히 존재했다. 하지만 은신술이 풀린 특급살수는 그리 어렵지 않을 것이다. 작정하고 은신해 있을 땐, 가슴을 서늘하게 만드는 무서운 존재이나 이미 위치를 들킨 살수라면.

가해월이라도 어렵지 않을 거다. 과거보다 더욱 강해진 데다, 지금의 가해월은 눈깔을 까뒤집을 정도로 분노했으니까.

어쩌면 천적이 맞을지도.

독고월이 내린 결론은 어느 정도 맞았다.

은야는 극에 다른 살검으로 가해월의 사혈을 공격했고.

가해월은 극에 다른 환술로 은야의 오감에 혼란을 줬다.

의외의 면모였다.

가슴속엔 열불이 터져도 머릿속은 뒷골이 땅길 정도로 차가운 가해월이었다.

쉬쉬쉬쉬쉭!

그러다 보니 은야의 살검은 번번이 빗나갔다.

은신해 있을 때라면 모를까.

백안으로 물든 가해월의 천안통과 손가락을 현란하게 놀리며 펼친 환술 앞에선 무소용이다.

천안통과 환술의 조합은 찰떡궁합이었다.

"본녀가 사람 잡아 죽이는 건 네년보다 못해도! 사람 잡는 건 노친네 바지 내리기보다 쉽다, 이거야!"

현란하게 손을 놀리며 혀까지 놀리는 가해월에 독고월은 실소를 흘렸다.

오감이 엉망이 된 은야는 제가 이룩한 경지를 증명이라도 하듯, 두 눈을 감았다. 눈을 현혹하는 환술에 진지하게 임하려는 것이다.

그리고.

쉬이이익!

극도의 쾌검이 막 머리채를 휘어잡으려던 가해월의 사혈을 노렸다.

불에 댄 듯 화들짝 놀란 가해월이 서둘러 보법을 밟았다.

픽!

가해월은 어깻죽지가 화끈해지는 걸 느꼈다. 다행히도 그리 깊진 않았다. 천안통이 보여준 은야의 공격 흐름을 봤기에 천행으로 피한 것이다.

"치잇!"

가해월은 비칠거리며 물러났다.

은야도 두 눈을 감은 채로 입술을 꾹 깨물었다. 방금 이 기습이 가해월의 목을 뚫었어야 했는데, 실패했다. 걸걸한 입에 어울리지 않는 실력자다.

죽이고자 하면 못할 것도 없지만, 그녀의 뒤에 있는 독고월이 걸린다.

두 눈을 감은 은야가 외쳤다.

"거래하죠."

"거래?"

독고월의 목소리가 들려왔다.

살금살금 고양이걸음으로 다가가 막 은야의 뒤통수를 후려치려던 가해월이 멈췄다.

빳빳하게 선 은야의 연검이 가해월을 겨누고 있었다. 허튼짓하지 말라는 듯이 말이다. 은야는 가해월의 꼼수를 미연에 방지하고는 독고월에게 물었다.

"네, 혹 제 목숨으로 원하시는게 있다면……!"

"네 목숨을 어디다 쓰라고?"

"깔깔!"

가해월이 배를 잡고 웃자 은야의 옥용이 저녁놀처럼 붉어졌다. 자발 맞은 그 웃음소리가 무지하게 거슬렸지만, 이를 악물어 참아냈다.

"…그럼 저를 가만히 두고 보는 연유가 뭔데요? 정말 저 입이 더러운 여인을 제가 죽이길 바라는 건가요?"

은야가 감았던 두 눈을 앙칼지게 떴다. 등골이 서늘해지고도 남을 살기가 주위를 잠식했다. 정확히는 가해월을 향해서였다.

담담히 미소 지은 독고월이 가해월을 쳐다봤다.

"그렇다는데?"

"흥, 본녀 목숨이 제 손에 있는 것처럼 말하네."

"아닌가요? 정말 정인인 그녀를 죽여도 되나요?"

"정인은 개뿔."

은야의 말에 독고월은 코웃음 쳤지만, 가해월은 손뼉을 치며 좋아라 했다.

"이년이 보는 눈은 있어."

물론 내뱉은 말은 달랐다.

은야는 자꾸만 귀에 거슬리는 그녀의 언행에 점점 뿔이 났다.

"한 번만 더 욕하면 용서치 않을 거예요."

"뭐 이년아?"

"용서치 않는다고요."

"그래, 이년아."

"……."

가해월은 허리춤에 손을 올리고는 이어서 이죽거렸다.

"두 번이나 했네. 보여줘 봐, 네까짓 게 용서치 않으면 어쩔 건지 말이야."

쉬익!

빳빳이 선 연검이 빛살처럼 쏘아졌다.

하지만 이미 대비하고 있던 가해월의 백안, 천안통은 그녀의 공격 흐름, 검로를 낱낱이 읽어냈다.

과거 용봉대전에서 독고월도 가해월에게 공격을 읽힌 적이 있을 정도인데, 갈길 잃은 분노로 물든 은야의 살검 즘이야 우습지!

그런 내심과 다르게 가해월은 사력을 다해 피했다. 그리고 미리 준비해놨던 환술까지 펼쳤다.

시작은 간단하게.

"훗!"

보기만 해도 끔찍한 뱀이었다. 제가 든 검이 뱀으로 변해 독니를 품고 달려드는 모양새에 은야는 적잖이 당황했다. 이게 환술이라는 걸 알면서도, 여인이 가진 생리적인 혐오감은 어쩔 수가 없었다.

"하압!"

당찬 기합으로 가볍게 환술을 물리친 은야였다.

타다다닥!

그 틈을 탄 가해월이 보법으로 환영진을 완성했다. 그리고 단전에서 일어난 어마어마한 진기를 환영진에 불어넣었다.

쿠웅!

가해월이 진각으로 환영진의 중앙을 밟자, 은야의 발밑에 끝 모를 낭떠러지가 펼쳐졌다. 그리고 그녀의 발치로 형형색색의 독사들과 벌레들이 모여들었다.

제 몸을 타고 오르려는 끔찍한 벌레들에 여인이라면 기겁하고도 남았겠지만, 은야는 전문적인 살수 훈련을 받았다. 이런 것쯤에 잠깐의 동요는 하겠지만, 큰 영향을 받을 리가 없었다.

"허튼짓을!"

싸늘하게 일갈하고는 가해월의 기척이 느껴지는 방향을 향해 검강을 쏘아 보냈다.

후아앙!

쏜살같이 날아온 검강에 가해월은 화들짝 놀랐다.

"이크! 여인들에게 제일 잘 먹히는 환술인데 제법이네."

가까스로 검강을 피해낸 가해월을 보며 독고월이 한 마디 툭 던졌다.

"처녀라더군."

"……!"

"뭐, 정말?"

은야가 기함할 정도로 놀랐고, 가해월은 희색이 만연한 얼굴을 했다.

"그건 또 본녀 전문이지!"

연이은 가해월의 외침에 은야는 까닭 모를 불길함을 느꼈다.

대체 무슨 짓을 하려고!

은야는 쭉 뽑아낸 검강으로 가해월의 기척을 쫓아 뿌려
댔다.

콰콰콰콰콰쾅!

땅거죽이 폭발할 듯이 일어나고.

우드드!

나무가 꺾이다 못해 뿌리째 뽑혀나갔지만, 가해월은 요
리조리 잘도 피해냈다. 환술로 은야의 기감이 흐트러진 게
원인이었다.

이룬 경지가 워낙 뛰어나 환술에 어느 정도 대항하고 있
었으나, 가해월의 환술을 완벽하게 풀어내진 못했다.

시간은 계속해서 흘러갔다.

그럴수록 불리해지는 건 은야였다. 이렇게 난리를 치는
데 흑도맹에서 모를 리도 없었다.

그나저나 광야는 정말 죽은 건가?

화신단까지 있었기에 은야는 광야가 당했다는 것을 믿
고 싶지 않았지만, 둘을 단숨에 떨어트린 전율적인 독고월
의 모습을 떠올리면 어느 정도 수긍이 갔다.

역시 죽었을 가능성이 크겠지.

은야의 복잡해진 머릿속에 한 줄기 희망은 가해월을 인
질로 잡는 것인데, 그녀 또한 만만치 않았다.

고수에게 초조함은 금물인데.

작금의 상황은 은야를 궁지로 몰아넣었다. 요리조리 피

해대며 진언을 읊는 가해월의 모습은 그녀의 초조함에 박차를 가하게 했다.

"죽어엇!"

검강이 맺힌 연검을 전력을 다해 쏘아 보내는 초강수까지 두었다.

쇄애애액!

이기어검이라고 하기엔 무리가 있으나, 연검에 담긴 위력과 속도는 이기어검이라고 해도 손색이 없었다.

"……!"

가해월의 당혹스러워하는 눈빛만 봐도 알만하잖은가.

푸우욱!

가해월의 다리를 꿰뚫는 연검.

은야는 쾌재를 불렀다. 드디어 잡은 것이다.

"됐어, 드디어……!"

"뭐가 말이지?"

뒤에서 들려온 나직한 목소리에 은야는 심장이 쿵! 하고 떨어졌다.

서서히 돌아가는 그녀의 고개.

등 뒤에 선 독고월이 그녀를 내려다보고 있었다.

은야의 시선도 내려갔다. 그리고 곧 두 눈을 질끈 감았다.

탄탄한 근육질의 동체.

조각 같은 독고월의 나신이 눈앞에 있었다. 그런 그가

그녀를 안으면서 귓가에 바람을 후 불어넣었다.

"부끄러워하는 모습도 너무 어여쁘군."

"이, 이게 대체!"

그러면서 순식간에 제 옷을 벗기는 손놀림에 은야는 이러지도 저러지도 못했다. 너무나 당혹스러워 사고가 정지된 것이다.

3

"저, 저런 앙큼한 년이 다 있나! 감히 누굴 마음에 품고 있었던 거야!"

부들부들 떠는 은야를 보며 가해월은 방방 뛰었다.

독고월은 의아해했다. 월광도로 가해월에게 쏘아진 은야의 검을 쳐낸 것도 그였다. 한데 가해월이 보이는 반응이 심상치 않았다.

"무슨 환술이길래?"

"아, 본녀가 건 환술은 서역의 몽마술(夢魔術)을 응용한 천일야합술(千一野合術)로 평소 마음에 둔 사람과 천일 간 운우지락만을 나누게 되는 환술로서. 처녀에겐 아주 끝내주게 먹히지!"

"근데 왜 이렇게 화를 내지? 그녀가 평소 마음에 둔 사람이 누구길래?"

"그, 그건……!"

막 너라고 답해 주려던 가해월은 가까스로 말을 삼켰다. 그리고는 뾰로통한 얼굴로 투덜댔다.

"속에 능구렁이가 한 백마리 들어찬 늙은이지, 뭐."

"늙은이? 설마 야주 담천을 말하는 건가?"

"흥!"

"취향이 꽤 특이하군."

고개를 선선히 끄덕이는 독고월에 가해월은 고양이 눈으로 흘겨봤다.

"설마 본인이 아니어서 아쉬운 건 아니겠지? 세상의 모든 여인이 다 상공 놈을 좋아해야 직성이 풀리는……!"

"그 대상이 나였군."

"뭐, 뭐? 무슨 말도 안 되는 소리야!"

갑작스러운 독고월의 말에 가해월은 놀란 가슴을 숨기려 오히려 역정을 냈다.

독고월은 픽 웃었다.

"아니면 말지. 왜 되레 역정인지 모르겠군."

"그건 상공 놈이 아주 되지도 않는 말을 하니깐, 그런 거지. 하여튼 사내놈들은 세상 모든 여인이 다 제 놈한테 관심 있는 줄 안다니깐!"

벌게진 얼굴로 코웃음까지 치는 가해월에 독고월은 얄미운 미소만 흘렸다.

모든 걸 알고 있다는 듯한 여유로움이라니.

가해월은 맥없이 입술만 잘근잘근 씹었다.

털썩.

은야가 주저앉아버렸다. 온몸을 바들바들 떨고 있는 모양새가 심상치 않았다.

극도의 혼란을 느끼는 듯한 은야를 보며 독고월이 물었다.

"설마 천일 간 저러고 있는 건 아니겠지?"

"그걸 말이라고 해? 시간이 다르다고! 일장춘몽 몰라?"

"괜한 성질은."

"흥!"

가해월이 표독스레 쏘아봤다. 독고월의 옆얼굴이 뚫어지는 건 아닐까 싶을 정도였다. 마침 그가 가해월을 바라봤다.

"계속 나랑 운우지락를 나누게 할 게 아니라면, 환술 그만 풀지그래."

"아, 뭐래? 상공 놈 아니라고 했잖아!"

"그런데 왜 이렇게 안절부절못하지?"

"내가? 하! 웃기지도 않으셔. 하지만 슬슬 지루해지니깐. 환술은 풀어야지."

누구에게 하는지 모를 소리를 지껄인 가해월은 얼른

환술을 풀어버렸다. 자신이 좋아하는 상대와 다른 여인이 운우지락을 나누는 모습을 천안통으로 보는 건 정말이지 고역이었다. 그렇다고 안 보고 넘기기에도 짜증이 났고.

다른 놈일 줄 알았는데, 설마 독고월을 심중에 두고 있었을 줄이야. 이 무슨 해괴망측한 일이래.

하여간, 잘난 놈들은 이래서 문제다. 매력을 아무 데나 흘리고 다니니깐, 이런 사달이 난 거다. 다 독고월 때문이다.

털썩.

힘이 빠져 그대로 드러누운 은야는 양손을 들어 얼굴을 가렸다.

"흐윽."

억눌린 울음소리가 새어나왔다. 가해월의 환술은 정말이지 필설로 형용할 수 없을 정도로 현실감이 넘쳤다. 꿈인지 생시인지 분간이 안 갈 정도로 사람의 혼을 쏙 빼놨다. 초절정고수인 은야의 머릿속을 갖은 도색(桃色)으로 물들일 정도였다.

"으흐흑."

은야는 흘러나오는 눈물을 멈출 길이 없었다.

참다 참다 못한 가해월이 빽 소리 질렀다.

"이년이 그렇게 좋았나? 본녀도 못해본 걸 천일 가까이

경험해본 주제에, 왜 쳐 울고 지랄이야—!"

지독한 부러움 속에 질시가 느껴진다.

독고월은 한숨을 길게 내쉬었다.

퍽, 퍽!

소리 없이 날린 지풍 두 줄기가 은야의 마혈과 아혈을 짚었다. 딱딱하게 굳은 은야를 어깨에 둘러업었다.

은야는 닭똥 같은 눈물만 주룩주룩 흘려댔다.

가해월이 악! 소리를 내며 자신이 업고 가겠다고 그녀를 뺏어가려 했다. 둘이 살조차 맞닿게 하기 싫은 심경의 발로였다.

실소를 흘린 독고월이 건네주자, 가해월은 은야의 멱살을 틀어쥐어 목 뒤로 들쳐멨다. 마치 쌀가마를 등 뒤에 지고 가는 모양새였다.

우스꽝스러웠지만, 지금은 그게 중요한 게 아니다.

흑도맹이 슬슬 천라지망을 좁혀오는 중이었다. 가해월이 펼쳐놓은 기문진이 효력을 다하고 있다는 증거였다.

독고월은 사도명에게 그녀를 넘길 생각이 없었다. 일단 이들이 흑궁에서 훔친 물건이 궁금했고, 그걸 사도명에게 돌려주고 싶은 맘도 없었다.

"어쩔 거야? 사도명한테 얘 넘기려고? 본녀는 찬성. 아주 혼쭐이 나야 할 나쁜 년이야, 얜. 인생의 쓴맛부터 더러운 맛, 똥 맛까지 다 느껴봐야 한다고."

가해월의 사심이 듬뿍 담긴 악담을 독고월은 가볍게 거절했다.

"아니."

"그럼?"

"이대로 튄다."

눈에 불을 켜고 있을 사도명이 들으면 게거품 물 말을 아무렇지 않게 한 독고월, 투덜대는 가해월을 이끌고 자리를 떴다.

잠시 뒤.

멀지 않은 곳에서 상처 입은 짐승이 낼법한 괴성이 들려왔다.

"으아아아! 이놈들이 어디로 간 거야? 으아아아아! 독고월, 이놈은 또 어딜 내뺀 거냐고오—! 대체 왜 사라진 건데!"

강호에서 질기기로 소문난 천잠사보다 더 질기다는 흑도맹의 천라지망(天羅地網).

그냥 찢어졌다.

가해월의 환술 한 방에 놈들은 와해가 되다 못해 게거품을 물었으니까.

강호에서 끈질기기로 둘째가라면 서러워할 추혼단의 추격.

것도 별거 없었다.

독고월의 섬전행 한 방에 놈들은 꼬리는커녕 잔상조차 잡지 못했으니까.

보고이자 절대금지인 흑궁이 털린 것도 모자라, 닭 쫓던 개가 지붕만 쳐다보듯이 종적까지 놓쳐버렸다. 흑도맹주 사도명까지 나섰는데 말이다.

한순간에 새 된 사도명이 길길이 날뛰는 걸 뒤로한 독고월 일행이 모습을 드러낸 곳은.

똑, 똑.

종유석에서 맑은 물방울이 떨어지는 깊은 동혈이었다.

아무리 흑도맹을 무시한다고 쳐도 잠시 은신할 곳은 필요했다.

인적이 아예 없는 이곳이라면 쉬는 건 물론, 대화를 나누기에도 적당하다.

"…해서 광야를 살려 보냈다는 거야?"

독고월의 말을 들은 가해월이 어처구니없는 표정을 해 보였다.

"그렇지."

"……!"

재확인받은 은야의 표정도 크게 다르지 않았다. 하지만 눈빛은 암울하게 젖어들었다. 광야의 무공을 폐했다는 소리 때문이었다. 격전의 흔적이라곤 조금도 없는 독고월의 행색도 행색이거니와, 자신 또한 광야처럼 무공을 전폐 당하게 될 게 뻔해서다.

　자신을 죽이려고 했던 적을 여기까지 데려온 연유가 뭐겠나.

　훔친 물건과 정보를 알아내기 위해 고문을 하고, 그 쓸모를 다하면 죽이거나 광야처럼 만들겠지.

　어쩌면 그게 죽는 것보다 나을 수도 있겠다. 하지만 은야는 머릿속에 자결이란 단어를 그렸다.

　무인의 전부인 내공을 잃는다.

　그건 살아도 산 게 아니었다. 그랬기에 자신감이 넘쳐흐르던 상관, 광야의 비보는 은야를 암흑의 구렁텅이로 빠트렸다.

　은야는 기회만 기다렸다. 이번엔 빠져나갈 기회가 아니었다. 독고월이 마혈과 아혈을 푸는 즉시, 입안에 숨겨놓은 독단을 깨물 작정이었다. 그게 자신을 키워준 흑야에 대한 최소한의 예의였다.

　눈빛에 서린 모종의 결심을 감추기 위해 두 눈까지 질끈 감았다.

　가해월은 한숨부터 포옥 내쉬었다.

"다 생각이 있으니깐, 그렇겠지만 오히려 그들이 상공의 존재를 모르는 게 낫지 않아?"

"그렇지."

"아니, 근데 왜에?"

가해월은 유유자적한 태도에 짜증이 나 아미는 물론, 말꼬리까지 쭉 올렸다.

독고월은 묘한 미소만 지었다.

톡.

종유석에서 떨어지는 물방울을 손가락으로 튕기기까지 했다.

"그래야 섣불리 나서질 못하지."

"뭐? 섣불리 나서질 못한다고?"

"……."

가해월은 그 영문을 몰라 했지만, 머리가 팍팍 돌아가는 은야는 그럴듯하다고 여겼다. 야주 담천의 성정을 가까이서 지켜봐서 누구보다 잘 알았다.

"야주 담천은 변수를 싫어하지. 아니, 극도로 경계한다고 봐야 해."

"……."

감은 두 눈을 뜬 은야는 옳은 말이고 여겼다. 한데 담천과 대화를 나눈 건 그리 길지 않았는데 어찌 이리 잘 아는지 의문이 들었다.

만약 이게 통찰력이라면 정말이지 대단한 자였다.

독고월은 자신을 보는 은야의 눈길에 부드럽게 눈매를 휘었다.

"그녀도 그렇다는군."

"……!"

눈이 마주치자 화들짝 놀란 은야가 서둘러 두 눈을 감았다. 내심을 들킨 것 같아 가슴이 두근거렸다.

가해월의 귀에 그 소리가 아니 들릴 리 만무했다.

"하! 저 자발 맞은 심장 소리 좀 봐! 이게 어디서 가슴을 콩닥거려, 콱! 조막만 한 가슴도 가슴이랍시고 막 설레고 그러냐? 앙!"

"……!"

가해월이 눈알을 부라리자, 은야는 두 눈을 부릅떴다.

기가 찬 가해월이 두 손가락을 갈고리 모양으로 만들었다.

"야 이년아, 눈 안 깔아? 콱! 찔러 버릴까 보다. 깔아, 눈 깔라고!"

부릅!

은야는 결코, 눈을 깔지 않았다. 그야말로 죽일 듯이 노려봤다. 아니, 뭔가 항변하는 듯한 느낌이었다.

픽, 픽!

그래서 독고월이 날린 지풍이 마혈과 아혈을 풀자마자

벌떡 일어섰다.

"당신이 봤어요? 내 가슴이 작은지 큰지!"

"하! 이년 보게. 딱 보면 견적 나오지! 그 가녀린 상체에서 크면 얼마나 크겠어. 딱! 알겠네. 잘 쳐줘야, 자두네!"

그러면서 가해월이 양팔로 팔짱 끼며 제 수박만 한 가슴을 모으는데.

그 모습이 어찌나 꼴 보기 싫던지.

독고월마저 혀를 찼다.

그걸 본 은야는 충격받은 얼굴이었다. 말문마저 잃었다.

굉장히 기분 나쁘고, 상처까지 받은 얼굴이었기에, 가해월은 소매로 입을 가리며 비웃었다.

"흐흥! 이제야 누가 위인지 알겠어? 여인은 얼굴 예쁜게 다가 아니다, 이거야!"

"……."

"……."

참으로 유치하기 짝이 없는 승부욕은 둘을 꿀 먹은 벙어리 마냥 입 다물게 하였다.

독고월은 더 들어주다가는 귀가 썩을 것 같았고, 은야는 치미는 모멸감을 참을 길이 없어서 제 처음 목적마저 잊어버렸다.

독단을 깨물어야 하는데, 여기서 독단을 깨물면 왠지 무지하게 억울할 것만 같았다. 그래서 이러지도 저러지도 못

한 채, 도발적으로 가슴을 모아대는 가해월을 눈물 젖은
눈으로 바라볼 뿐이었다.

"눈깔아."

"……."

기어코 은야는 닭똥 같은 눈물은 주르륵 흘려대며 고개
를 수그렸다. 하지만 이 분함을 도저히 못 이겨냈다. 이를
소리 내어 간 것이다.

아드득!

"아!"

순간 은야가 벙찐 얼굴로 고개를 바짝 쳐들었고.

가해월이 별 미친년 다 보겠다는 표정을 해 보였다.

"저년, 방금 이 갈면서 독단 깨물었어!"

"……."

독고월은 그 말을 믿고 싶지 않았다.

그래도 강호를 전복시키려던 세력의 초강자 중 하나 아
니냐고.

第 3 章

第 3 章.

1

　결과적으로 은야는 살았다. 침상에서 눈을 뜬 그녀의 안색은 핼쑥했지만, 생명에 지장은 있어 보이지 않았다.

　천행으로 살아난 게 아니었다.

　가해월의 뛰어난 의술적 조치와 막대한 내공을 지닌 독고월의 운기행공으로 독기를 몰아낸 덕분이었다. 각기 분야에서 천하제일이라고 칭해도 무방한 실력자들이다.

　가해월은 은야가 깨어나자마자 신랄한 표정으로 까댔다.

　"솔직히 말해봐. 이년아, 고의였지? 그렇지 않고서는 특급살수란 년이 그런 멍청한 짓은 하지 않는다고 봐. 네년은 자그마치 초절정고수잖아? 상공 놈 관심 끌려고, 그런 거지? 엉!"

실수란 걸 알면서도 저러는 거다.

은야는 고개를 돌렸다. 흘러나오려는 눈물을 보이기 싫었다.

대체 어쩌자고 이런 비참한 꼴을 보이는지.

"흐윽."

억눌린 입술 사이로 울음 섞인 신음이 흘러나왔다.

가해월은 이참에 콱 눌러주기로 작정했는지, 생색이란 생색은 있는 대로 냈다.

"본녀의 대라신선급 의술이 아니었다면 네년은 거기 피토하며 고통스럽게 죽었어야 했어! 알아? 본녀가 성심성의를 다해 치료해줬기에 망정이지, 아니면 네년은 지금쯤 관짝에 들어가 썩을 년이었다고!"

물론 그 와중에 욕설을 섞는 것도 잊지 않았다.

은야는 듣고 싶지 않았다. 귀를 막아보려 했지만, 가해월의 신랄한 고함을 막을 수는 없었다.

"야 이 은혜도 모르는 어리석은 년아! 살려줬으면 살려줘서 고맙다고 백 번을 절을 해야지, 왜 쳐 울고 지랄이야! 뭘 잘했다고, 눈물을 질질 짜. 앙? 그러게 누가 독단을 실수로 깨물래! 멍청한 네년 때문에 본녀가 어떤 생고생을 했는데? 그만 쳐 울고 고맙다고 절이나 해, 이년아!"

"흐윽, 흑!"

은야는 도저히 견딜 수가 없었다. 한 마디, 한 마디가 비수가 되어 가슴을 모질게 후벼 팠다. 만약 독고월의 말리는 목소리가 이어지지 않았다면, 혀라도 깨물어 자진했을 것이다.

"그쯤하고. 앞으로 어쩔 거지?"

"어쩌긴 뭘 어째? 절부터 받아야지! 야 이 년아, 어서 고맙다고 절이나……!"

가해월이 악악대는 소리는 곧 독고월에 의해 막혔다. 어느새 아혈과 마혈을 짚힌 것이다. 이젠 이마저도 익숙해졌는지 가해월은 눈알을 부라리지 않았다. 한두 번도 아니고.

마혈을 집히지 않았다면 어깨까지 축 늘어트렸을 가해월을 일별한 독고월.

은야는 귀를 막은 채, 등까지 돌리고 있었다. 애처롭게 떨리는 중이다.

"……."

"……."

시끄러운 이가 사라지자, 괴괴한 침묵만이 감돌았다.

독고월은 참을성 있게 기다렸다.

─광야에겐 네가 건넨 화신단 덕에 살아났다고 전했지.

"……!"

독고월이 바로 전한 전음성에 은야가 눈을 화등잔만 하게 떴다. 그리고 벌떡 상체를 일으켰다. 그가 말한 의미를 누구보다 잘 알았다.

-정 죽고 싶다면, 자결보다 확실한 방법이 하나 있지.
아주 담천에게로 돌아가면 된다.

부들부들.

은야는 애처로울 정도로 어깨를 떨어댔다. 역시나 그녀
가 생각한 대로였다.

왜 아니길 바라는 최악의 상황은 늘 맞는 법일까.

설마 자신이 던지고 간 화신단이 구명줄이 되어줄 줄은
꿈에도 몰랐다. 게다가 먹으면 반드시 죽는 독야의 역작을
치료해낸 마의 가해월도 있었다.

그것만 봐도 그림이 그려졌다. 독고월이 어떻게 해서 살
아났는지 말이다.

"네 덕분에 살았지. 아니 그러냐?"

독고월의 물음에 답한 건 가해월의 끔뻑거림이었다.

그렇지 않다고! 본녀 때문이라고!

고래고래 소리 지르고 싶은 가해월이었지만, 입이 막혀
생색낼 수가 없었다.

은야에겐 그 끔뻑거림이 수긍으로 보였다.

"여, 역시 나 때문이었군요."

절망마저 어린 목소리에 가해월은 '아니라고, 이 멍청
한 년아! 본녀 때문이야!' 라고 외쳤다. 물론 들릴 리는 없
었다.

독고월만이 가해월의 내심을 짐작했다.

그래서 초를 치는 걸 미연에 방지해놓지 않았나.

"꽝야를 살려 보낸 이유가 혹 저를 거두기 위함인가요?"

"죽이는 건 쉽지. 하지만 살리는 건 배 이상으로 어렵고."

동문서답이었다. 하지만 영민한 은야의 머리는 그 대답이 말하는 의미를 눈치챘다.

목숨 빚을 말하고 있는 것이다.

"전 화신단엔 그런 의미를 두지 않았어요. 당신을 죽이기 위해 제 본분에 충실했을 뿐이죠."

"알아."

"만약 똑같은 상황이 찾아오면 전 당신을 죽이는데, 주저함이 없을 테고, 화신단은 절대 던지지 않았을 거예요."

"당연하지."

독고월의 선선한 대답에 은야의 고운 아미가 찌푸려졌다.

"제게 원하는 게 있겠지만 전 아무것도 줄 수 없어요. 그러니깐 헛수고는 그만두고, 죽이세요."

"죽는 걸 너무 쉽게 이야기하는군."

독고월이 침상 위에 걸터앉았다.

화들짝 놀란 은야의 기색이 느껴진다.

지근 거리에서 마주 보게 된 은야와 독고월.

가해월이 부릅떠진 눈이 튀어나올 듯했다.

저 상공 놈의 자식이 대체 뭔 짓을 하려고!

침상 위의 이불을 말아쥔 은야의 손이 파르르 떨렸다. 가해월의 환술 덕분에 천일 간이나 마주해야만 했던 사내다. 그 힘들다는 살수 훈련을 받으면서도, 사람 죽이면서도 유지하던 평정이 흔들리고 있는 것이다.

독고월이 손을 뻗어 그녀의 가느다란 귀밑머리를 살짝 건드렸다.

"지금 널 죽이는 건 손바닥 뒤집기보다 쉽지. 하지만 살리는 건 어렵겠지? 그럼 널 죽여야 하나?"

"……!"

어째서인지 은야는 숨을 쉴 수가 없었다. 아무리 환술이라지만, 혼을 쏙 빼놓던 그와의 나날들이 머릿속으로 스쳐지나갔다.

야 이 상공 놈아, 어디서 개수작이야!

가해월이 원독 어린 눈으로 독고월을 향해 눈알을 부라렸지만, 독고월은 조금도 개의치 않았다. 오히려 나지막한 음성과 함께 깊은 한숨을 내쉬었다.

"죽이고 싶지 않은데 말이지."

"……!"

똑바른 그의 눈빛이 전하는 진심에 은야의 봉목이 잘게 떨렸다. 천하에서 제일 강하고도 잘난 사내가 눈앞에서 자신 때문에 아쉬워한다.

방심이 여지없이 흔들리려 했다.

은야는 서둘러 눈을 피하고는 이를 악물었다.

"수작 부리지 말고, 죽이세요!"

제법 앙칼졌지만, 목소리가 격앙됐다.

그 말인즉.

독고월에 의해 흔들리고 있다는 증거였다.

가해월이 어서 빨리 저년, 잡아 죽이라고 속으로 수백 수천 번 거품을 물며 외쳐도 닿지 못했다.

독고월의 손은 돌아간 그녀의 고개, 정확히는 뺨을 감싸고 있었다. 부드럽지만 단호한 목소리가 흘러나왔다.

"거부하지."

"뭐, 뭐라구요?"

이게 지금 수작이라는 걸 알면서도 머릿속이 하얗게된 은야다. 그녀는 이 손을 뿌리쳐야 한다는 걸 알면서도, 따뜻한 체온이 주는 안도감에 혼이 빠져나갈 지경이었다.

"담천과 너희가 날 죽이려고 쫓을 때, 날 살린 애가 그러더군."

"……"

은야는 '애'라는 말에 의구심을 가졌다. 쫓은 건 그 하나였다. 있다면 시체뿐이었으니 말이다. 하지만 독고월의 지긋한 시선에 더이상 의구심을 가질 수가 없었다.

가슴이 미친 듯이 뛰고 있었으니까.

독고월은 그런 은야를 통해 그녀를 보고 있었다.

-부탁해요, 당신과 난 부부가 아니에요. 그러니깐 이제
그만해요. 곧 그들이 오면 당신 정말 죽는다고요. 왜 억지
를 부리고 그래요. 흐흑!

"계집의 마음이 갈대라더니, 아주 제멋대로고만?"

-제발요, 당신 죽어요!

"아주 지 남편보고 죽으라 악담을 퍼붓네."

-제발 부탁해요, 그냥 절 버리고 가요. 이곳에 있으면
안 된다구요. 흐윽, 이제 그만 장난쳐요!

-지금이라도 도망가요, 제발!

독고월의 입가에 희미한 미소가 그려졌다.

"죽지 말라고."

"…그래서요?"

은야는 그의 그림 같은 미소에 저도 모르게 되물었다.
닭똥 같은 눈물만 뚝뚝 흘려대는 가해월 따윈 잊은 지 오
래였다.

독고월이 은야를 향해 나지막한 목소리로 말했다.

"그러니 너도 죽지 말지."

"……."

은야는 왜냐고 묻고 싶었다. 하지만 그럴 수가 없었다.

솔직히 그러고 싶지 않은 게 맞았다.

그렇지 않으면 이 부드러운 입술을 밀어내야 했으니까.

"사혼주?"

독고월은 제 앞에 자진 납세한 은야을 보았다.

살짝 몽롱해진 눈빛이 다시 제자리를 찾아왔다.

"네에, 죽은 혼을 불러들일 수 있다고 해서 붙은 이름이에요."

"그걸 어떻게 믿지?"

독고월의 의심은 당연했다. 이렇게 불길한 느낌을 주는 물건은 처음 봤다.

"과거 천기자가 광야에게 언질을 줬던 물건이라니, 아마 확실할 거예요. 광야가 이렇게 재수 없는 느낌을 주는 물건이라고 했거든요."

"……"

독고월은 턱을 괴었다. 마음 같아서는 가해월에게 묻고 싶었는데, 그녀는 마혈과 아혈을 풀어주자마자, 부리나케 달려나갔다.

도로 앉히려다가, 얼굴 위의 눈물 자국을 봤기에 놔뒀던 독고월이다. 한숨이 절로 나왔다. 자신이 어떤 사람인지

쭉 봐온 그녀라면 이해해줄 줄 알았는데, 아니었나 보다.

은야는 다소곳이 손을 모으고 앉았다. 표정만은 복잡했다. 그녀도 자신이 처한 처지와 알 수 없는 마음 사이에서 갈등하는 중이었다.

"혹 저를 통해 흑야를 어떻게 해볼 생각이라면."

어렵게 입을 떼고 말꼬리마저 흘리는 은야에게서 복잡한 심경이 읽혔다. 저를 키워준 세력을 배신하고 싶지 않다는 것이다.

독고월은 픽 웃었다.

"왜 야주 암살이라도 시킬까 봐?"

"절대로 불가해요!"

비명을 내지르듯이 은야가 기함했다. 아무리 소모품이라고 해도 고아인 그녀를 키워준 은혜를 모르진 않는 그녀였다.

차라리 목숨을 끊었으면 끊었지.

한데 독고월은 너무 시원하게 인정했다.

"알겠다."

"네?"

은야가 멍청하게 되물었다.

독고월은 뭘 자꾸 되묻느냐는 눈빛으로 봤다.

"알겠다니까."

"……."

너무 선선한 대답에 오히려 은야가 혼란스러웠다.

데구르르.

독고월은 탁자 위에 사혼주를 굴려보며 말했다.

"널 통해 놈들을 뭘 어쩌려는 생각 따윈 처음부터 없다. 도움도 안 되는 손 따위가 필요할 정도로 약하지도 않고, 놈이 두렵지도 않거든."

분명 자존심이 상하는 말임에도 은야는 그런 느낌을 전혀 받지 않았다. 동료를 죽이는데 일조하라는 뜻도 없는데다, 그라면 충분히 그럴만하다고 여겼다.

천하제일인.

은야는 생전 처음으로 그 호칭에 야주 담천이 아닌 눈앞의 그를 떠올렸다. 분명 야주 담천이 더 강할 것임에도, 독고월을 그림 같은 모습을 보고 있자면, 자연스레 후자 쪽이 더 어울린다고 생각됐다.

"아까도 말했듯이 살아."

"네, 네?"

가슴이 미친 듯이 뛰었다.

독고월은 두방망이질 치는 소리를 들으며 쓴웃음을 지었다.

"넌 그냥 살면 돼."

"어, 어째서 저 보고 살라는 거죠?"

떨리는 심장을 부여잡은 물음에 담긴 뜻은 명확했다.

독고월은 가볍게 몸을 일으키며 웃었다.

"내가 죽으라면 죽을 건가?"

"……."

답을 할 수 없는 질문이었고, 묘한 실망감이 가슴 속을 지배했다.

독고월은 손을 들어 은야의 머리를 쓰다듬었다.

은야는 놀란 토끼 눈으로 올려다봤다.

"내 목숨 빚을 지어봐서 알지. 마음대로 죽을 수도 살 수도 없게 되지."

"그게 무슨……."

"그냥 그렇다는 거지. 깊게 생각하면 머리 아파."

은야는 혼란스러운 눈으로 그의 뒷모습을 하염없이 쳐다봤다.

"그냥 살아. 죽이고 싶지 않으니까."

그가 말한 목숨 빚, 화신단을 말하는 건가?

은야는 뿌옇게 흐려지는 시야에 고개를 떨어트렸다.

"왜 제게 입맞춤을 한 거죠?"

달각.

문을 연 독고월이 멈춰 섰다.

"답례지."

"화신단을 통해 살아난 답례요?"

그저 우연으로 벌어진 목숨 빚밖에 없다는 소리구나.

은야는 무슨 기대를 했냐는 자책감, 자괴감에 고개를 들수가 없었다. 그 천일야합술이란 환술에 혼자만 들뜬 거다. 고작 환술 따위에 헤어나오질 못하다니, 너무나도 부끄러웠다.

이 무슨 추태란 말인가!

상대는 자신에게 정보를 얻기 위해 미남계를 펼친 것뿐인데, 은야는 모질게 시려 오는 가슴을 부여잡았다.

독고월은 슬쩍 고개를 돌렸다.

"아니, 네 목숨을 살려주는 답례."

뜻밖의 말에 은야는 두 눈을 동그랗게 떴다. 수막이 어린 눈동자가 떨리기까지 했다.

독고월은 뜻 모를 미소를 지었다.

"제법 예쁘긴 하니까. 그 정도 대가는 받아야지. 이런 불길한 물건이 네 목숨 값이라는 건 좀 그렇잖아?"

"모르겠어요, 정말."

은야의 물기 어린 목소리에 서린 건 지독한 혼란과 불신이었다.

하지만 독고월은 쉽게 답을 주지 않았다.

"고민해봐. 내가 지금 무슨 개소리를 해대는 건지. 그렇게 머리에 쥐가 나게 고민을 하다 보면 딴 생각할 겨를이 없겠지. 그럼 나야 좋지. 쓸데없이 귀찮은 적 하나 치우는 동시에 눈요기 되는 여인을 얻을 수도 있으니 말이야."

탁.

문이 닫히자 그가 사라졌다.

잔인하고도 나쁜 사내다.

"……."

은야는 독고월은 여인이 만날 수 있는 최악의 사내라고 여겼다. 무시무시한 환술에서 아직 헤어나오지 못하는 그녀의 마음을 이리 농락하는 것만 봐도 알만했다. 이 자리를 박차고 떠나야 함이 옳았다.

하지만.

은야는 갈 데가 없었다.

부평초처럼 떠돌면 되지만, 이런 상태로 어딜 간단 말인가.

무엇보다 아직은 그를 떠나고 싶지 않았다. 도무지 알 수 없는 이 마음의 정체를 확인해야만 했다.

차라리 칼로 도려낼 수 있다면 얼마나 좋을까.

은야는 여전히 두근대는 심장을 보며 끔찍한 생각을 했다. 그리고 머릿속에 각인된 그의 미소도 지우고 싶었다.

털썩.

"시도 때도 없이 떠오르는 이걸 없애려면 어떡해야 하지? 죽으면 되나?"

침상에 누운 은야는 손을 들어 제목을 움켜쥐었다.

하지만 그가 말했다.

살라고.

"대체 왜!"

목이 붉어질 정도로 소리쳐보지만, 답해줄 사람은 이곳에 없었다. 있다고 해도 시원하게 답해줄 것 같지 않았다.

알 수 없는 의미 모호한 말들만 남기겠지.

은야는 그를 떠올리면 복잡해지는 심경에 어찌할지 갈피를 못 잡았다. 곧 가슴 속에 맺힌 응어리의 원인을 찾은 그녀가 앙칼지게 외쳤다.

"이게 다 그 마녀 때문이야!"

2

"이게 다 그 년 때문이라고!"

고주망태 저리 가라 할 정도로 취한 가해월이 잔을 들며 외쳤다. 넝마가 된 의복 대신 회의무복을 입은 그녀는 술에 의복이 젖는 것도 아랑곳하지 않았다. 눈화장도 눈물로 번진지 오래였다.

"자, 마시자고!"

가해월은 든 술잔을 비워내며 옆을 돌아봤다.

게슴츠레한 그녀의 눈동자에 화들짝 놀란 험상궂은 사내들이 얼른 잔을 비워냈다.

"네, 누님!"

"근데 너무 과음하시는 거 아닙니까?"

어딘가 얼어있는 그들의 모양새가 이상했다. 이곳에서 험하기로 둘째라면 서러워할 무뢰배들인데도 말이다.

그 답은 간단했다.

그들의 발치에서 간질이라도 걸린 듯이 경기를 일으킨 것도 모자라, 게거품을 무는 사내들이 있었다.

제법 예쁘장한 가해월에게 수작 부리려고 왔다가, 수작 부림을 당한 이들이었다.

춘약을 탄 술을 가해월에게 건넸다가 지가 처마시고, 연신 의자를 향해 허리를 흔들어대다가 지쳐 나가떨어진 놈.

어디 여인 혼자 술을 마시느냐면서, 맞은 편에 앉아 술잔을 받으려다 일장을 받고 피거품을 게워내며 나가떨어진 놈.

감히 언년이 우리 형님을 쳤느냐면서 두 팔 걷어붙이고 나섰다가, 느닷없이 옷을 벗고 나체로 춤을 춰대던 놈들.

그걸 목격한 무뢰배 집단의 막내 격인 사내들은 벌벌 떨었다. 그 나물에 그 밥이지만, 제법 반반한 축에 속한 덕분에 이렇게 미인과 술잔을 기울이는 영광을 누리는 중이다.

당연히 가해월의 독단적인 생각이었다. 가해월이 잔을 탈탈 비우며 호기롭게 외쳤다.

"자, 이런 대단한 미인과 마시는 영광 네놈들 생에 두 번은 없을 테니까! 단번에 털어 넣어. 술을 바닥에 뱉거나,

점소이가 가져온 행주에 뱉으면 벌주로 두 잔, 그리고 싸대기 두 대."

"……!"

"……!"

막 그러려고 하던 사내들은 꿀꺽 술을 삼켰다.

가해월의 게슴츠레한 눈이 그들에게로 향했다.

"뭐야, 지금. 본녀랑 술 먹기 싫다, 이거야?"

"아닙니다!"

연신 손사래를 치는 사내들에 가해월은 풀린 눈동자로 물었다.

"아니면, 지금 본녀만 술 잔뜩 먹여서 어찌해보겠다는 거냐?"

꿀꺽.

물론 이건 군침을 삼키는 소리가 아니었다. 감당할 수 없는 긴장감에 삼킨 침 소리였다.

저 말이 나오자마자 어찌 되는지 직접 보던 그들 아닌가.

바들바들.

잔을 든 그들의 손이 떨렸다. 아니라고 항변하고 싶은데.

휘릭!

가해월이 귀찮다는 듯이 손을 휘저었다.

"아악!"

"으악!"

"끼얍!"

남아있던 사내들의 입에서 비명이 터졌다. 가해월이 건 환술에 발라당 넘어갔다.

주르륵.

술병을 기울여 잔을 채운 가해월이 칫 소리를 냈다.

"하여간 사내놈들하고는! 본녀 같은 미인만 보면 어찌 해보지 못해 안달이지!"

혼절한 사내들이 들었다면 기함할 소리를 한다.

벌컥, 벌컥!

가해월은 따라놓은 술잔은 놔두고, 든 술병을 비워냈다.

"근데 왜 그놈의 자식은 왜, 왜, 왜, 왜에! 그러냐고."

탁.

빈 술병을 내려놓더니, 점소이가 벌벌 떨며 가져온 술병 두 개를 양손에 쥐었다. 세상이 다 끝난 사람 마냥 연거푸 그 술병만 비워댔다.

입으로 들어가는 술 반, 입 주위로 흐르는 술 반.

술을 마시는 건지, 술로 씻는 건지 모르겠다.

"크우우, 기분 나빠. 이런 맛없는 술 내온 새끼들 이리 와봐! 이 예쁜 누님이 셋 세기 전에!"

타다다닥!

그 말이 끝나기 무섭게 객잔 주인과 점소이가 부리나케 도망갔다.

가해월이 동공이 풀린 얼굴로 손가락 네 개를 들어 보였다.

"어쭈, 도망가? 셋 센다. 하나, 둘, 셋! 내 네놈들의 엉덩이를 걷어차 주겠어."

벌떡.

일어나려던 가해월의 눈에 남은 소지 하나가 보였다.

"어라, 하나가 남네. 왜 남지? 너, 왜 남니?"

가해월이 인상을 찡그리며 투덜거렸다.

털썩.

그러다 누군가 반대편에 앉자 가해월은 두 눈을 게슴츠레 떴다. 희미해서 잘 보이지 않았다.

쪼르륵.

술병을 기울인 누군가 잔을 채우며 말했다.

"아까운 술만 버리고 있군."

"뭐어? 너, 누구야! 왜 본녀의 허락도 없이 술을 따라? 지금 본녀랑 해보겠다는 거야? 앙?"

가해월이 찡그린 인상을 더욱 찡그렸다. 누군가의 얼굴이 잘 보이지 않아서 초점을 맞추려는 건데, 어디선가 많이 보던 놈이다.

"어? 못 먹는 감 찔러 아니지, 주지도 않을 감 일단 쑤셔대기 바쁜 놈이네?"

"푸욱!"

그 쑤셔대기 바쁜 놈, 독고월은 입에 담긴 술을 뱉었다. 가해월의 말이 기분 나빠서 뱉은 게 아니었다. 죽은 남궁일에게나 어울릴 법한 말을 들은 까닭이다.

졸지에 술을 뒤집어쓴 가해월이 소매로 얼굴을 닦았다.

"참나, 이젠 얼굴에 침까지 뱉네."

"으음."

독고월은 정말이지 드물게 면목없는 표정을 해 보였다.

가해월은 배시시 웃었다.

"이거 내 거라고 침 발라 놓은 걸로 받아들이면 되나?"

"뭐?"

독고월은 의문을 가질 새도 없었다. 가해월이 벌떡 일어나 냅다 따귀를 휘갈겨서다.

짝!

"근데 어쩌지? 본녀는 상공 네놈 게 아닌데에!"

짝!

가해월이 또다시 따귀를 후려갈겼다.

졸지에 따귀를 왕복으로 호되게 얻어맞은 사내가 두 눈

을 번쩍 떴다. 양쪽 뺨이 터진 것처럼 무지하게 아팠지만, 겨우 입술을 뗐다.

"자, 잘 못 들었습니다?"

"됐다, 자라."

퍽.

독고월은 방패대용 사내를 가볍게 뒷목을 쳐 기절시켰다.

혀를 빼물고 기절한 사내를 보며, 가해월이 씩씩댔다.

"본녀를 우습게 봐도 정도가 있지. 대놓고 보라는 듯이 그러면 본녀보고 어쩌라는 건데! 본녀도, 본녀도!"

"……."

그 정도로 상처를 받은 걸까.

독고월은 새삼 그녀도 가슴이 여린 여인이라는 걸 깨달았다. 정말이지 드물게 자신이 너무 했다는 자아 성찰까지 하는 순간이었다.

"본녀도 입맞춤해줘. 그 년만 해주지 말고, 본녀도 해달라고—!"

그러면 그렇지.

애초부터 어울리지 않는 자아 성찰 같은 짓을 할 그녀가 아니다.

자발 맞은 입술을 쭉 내밀고 다가오는 가해월을 밀어내면 되는 문제였다.

독고월은 한 손으로 입술만 쭉쭉 내밀고 있는 가해월을 막아냈다. 그러다 저도 모르게 실소를 흘렸다.

"후후."

나직하고 듣기 좋은 웃음소리였지만, 취한 가해월의 귀엔 들어올 리 만무했다.

"해줘어. 해달라고. 아, 해주라고!"

"……."

독고월은 언제나 그렇듯 그녀의 기대를 배반하다 못해 야무지게 꺾어버리는 사내였다. 물론 가해월의 목까지 꺾어버렸다는 끔찍한 이야기는 아니었다. 늘 상 있는 일이었기에 혀만 살짝 빼어 물게 해줬을 뿐이다.

3

창가로 어스름한 달빛이 새어 들어온 침상 위에 그녀가 있었다.

초난희.

그녀를 바라보는 독고월의 눈빛이 형형하게 빛났다. 사혼주가 어떤 물건인지 은야로부터 들은 독고월은 일말의 가능성을 떠올리고 있었다.

불길하기 짝이 없는 퀭한 어둠.

그 어둠 속에서 마치 누군가 바라보고 있는 것 같았다.

검은 심연의 눈동자.

독고월은 사혼주를 보고든 생각에 픽 웃었다. 하지만 그 웃음은 어딘가 모르게 경직되어 있었다. 그조차도 불쾌한 느낌을 지울 수가 없던 것이다.

분명 천기자가 언질을 준 물건이라면, 이번 일과 연관이 있을 터.

독고월은 사혼주와 초난희를 번갈아 바라봤다. 그녀에게 남겨진 시간은 많지 않았다. 독고월이 자신의 극음지기로 내공이 완전히 소실될 시간을 조금 늦추려 했지만, 그건 임시방편도 안됐다.

숫제 밑 빠진 독에 물을 붓기였다.

본인의 내공이 아니라면, 소용이 없다는 소리다. 이제 초난희의 육신이 먼지로 화하는 것도 머지않았다.

가해월은 이제 보름 채 남지 않았다고 했다.

왜 이렇게 속도가 빨라졌느냐고 물었지만, 가해월은 침울하게 말했었다.

이 정도도 정말 오래 버틴 거라고, 어쩌면 더 빨라질지도 모른다고 그랬다.

그걸 막을 방법은 없었다.

독고월이 한계까지 극음지기를 불어넣어 봤지만, 손에 잡히지 않는 안개처럼 흩어져갔다.

"단전에 쌓이질 않으니 도리 없지."

씁쓸히 읊조린 독고월은 남은 마지막 방법 하나.

사혼주에 희망이라고 하면 우습지만, 이것에 희망을 걸어야 했다.

그랬기에 사혼주를 그녀의 가슴에 올려놓은 것이다.

"……."

벌써 한 시진 째.

아무런 반응이 없었다.

머리에도 대어보고, 입속에도 넣어보고, 콧구멍은 물론, 귓구멍엔…… 시도해보질 못했다.

당연히 찢어지겠지.

다른 쪽은 엄두도 못 냈다.

"…미친 거지."

한숨을 길게 내쉰 독고월이 휘영청 뜬 달만 바라봤다. 뭔가 달빛을 받으면 달라질까 했는데, 사혼주는 여전히 불길한 빛만 띄우고 있었다.

뭔가 조짐이 있을까 싶어 월혼까지 대어봤으나, 무반응이었다.

한 마디로 이 사혼주의 사용법을 모른다.

은야도 난색을 보여왔다. 광야로부터 들은 바가 없었으니 당연했다.

내공을 불어넣어 봤지만, 역시나였다. 무지막지한 내공에 하마터면 박살이 날 뻔해서 독고월은 깔끔하게 포기했다. 분명 직감은 이 사혼주가 해결의 실마리가 되어준다고 말하고 있는데, 사용법을 모르니 갑갑한 마음뿐이다.

"이걸 죽었다는 천기자에게 물을 수도 없고."

홀로 중얼거리던 독고월은 곰곰이 생각에 잠겼다. 당금 강호에서 사혼주에 대해 알만한 이를 떠올려본 것이다.

마교의 교주 초무진? 신기수사로 이름난 제갈현군? 흑도맹주 사도명? 아니면 기절한 가해월?

"이런 등잔 밑이 어둡다더니."

독고월은 제 멍청함에 혀를 찼다. 가해월만큼 천기자에 대해 아는 여인이 있을까 싶었다. 천기자를 죽자고 쫓아다녔던 그녀라면 뭐라도 알고 있을 게 분명했다.

"몰라."

대답은 칼같이 나왔다.

독고월은 사혼주를 건네며 자세히 살펴보라고 했지만, 지긋지긋한 숙취에 골머리를 싸매던 가해월은 그걸 밀어냈다.

"심연의 눈이라고 불리기도 한다는 건 알지만, 사용법은 몰라. 그래도 이 강호에서 이 물건의 사용법을 아는 이는 알지."

"누군데?"

실은 물을 것도 없었다.

대답은 독고월의 예상대로였다.

"천기자, 그 늙은이지 누구겠어. 어쩌면 초난희?"

"그럼 현재 아무도 모른다는 이야기군."

"미안하지만 본녀도 사용법에 대해 조금의 언질도 받은 적이 없어. 천안통으로 살펴지지도 않고. 뒤집힌 속만큼 기분도 엉망이어서 그런데 좀 치워주겠어?"

가해월은 진저리가 난다는 듯이 사혼주에서 시선을 뗐다. 낯빛도 잿빛이 되어버렸다.

"본녀의 혼을 쏙 빼놓는 건 상공 놈으로 충분하니까. 저리 좀 치워줘."

"……."

독고월은 과민한 반응이라고 여겼다.

가해월은 한숨을 푹 내쉬었다.

"본녀가 저걸 들여다보면 저것도 본녀를 바라보는 느낌이야. 천안통으로 보면 홀리는 기분 아니, 머릿속이 이상해질 것 같달까. 하여튼 꼴도 보기 싫은 물건이야. 좀 치워줘."

"그러지."

독고월은 고개를 끄덕이고는 걸음을 옮겼다. 초난희에게로 가는 것이다.

가해월이 연거푸 한숨을 내쉬었다.

"운철로 만든 그 철궤 말이야."

"……."

독고월의 걸음이 멎었다. 등을 돌린 독고월의 눈빛에 이채가 흘렀다.

가해월은 그의 희망마저 어린 눈빛에 쓴웃음을 흘렸다.

"어쩌면 그 철궤가 열쇠가 되지 않을까?"

"조언? 아니면 짐작?"

독고월이 넌지시 묻는 말에 가해월이 성을 냈다.

"여인의 육감이다! 본녀의 육감적인 몸매가 그리 말하고 있어, 왜! 불만 있어?"

"말장난할 정신머리가 있는 걸 보니 걱정은 안 해도 되겠군."

"뭐?"

가해월이 놀란 토끼 눈을 하더니 깜빡거렸다. 독고월이 성큼 걸음으로 다가와서다.

"뭐, 뭐……!"

말을 채 잇지 못한 가해월의 감은 두 눈.

부채꼴처럼 긴 속눈썹이 파르르 떨렸다.

시간이 제법 흘러서야 떼어진 입술이었다.

가해월의 얼굴은 터질 듯이 붉어졌다. 양손으로 얼굴을 가렸지만, 손등까지 시뻘게져 있었다.

독고월의 달큰한 숨소리가 귓전을 두들겼다.

"제발 해달라고, 하도 주사를 부려대서 해주는 거니 오해는 말고. 일종의 상이지. 왜 키우던 개가 말 잘 들으면 개밥 주잖아?"

"……!"

말이나 예쁘게 하면 밉지는 않지.

가해월은 눈물 젖은 눈으로 노려보려다가 할 말을 잃었다.

달빛이 머문 독고월의 하얀 얼굴에 붉은 기가 살짝 감돌았다.

착각이겠지? 저놈이 어떤 놈인데.

"어찌나 술을 퍼먹었으면, 입에서 나는 술향에 나까지 취하지. 쯔쯧!"

가볍게 혀를 찬 독고월은 빠르게 몸을 돌려 떠나갔다.

아무렴 그렇지, 다만은…….

넋을 놓고 있다가 손가락으로 입술을 매만졌다. 곧 가해월의 입술이 헤벌쭉 벌어졌다.

이제 반은 넘어왔구나 싶은 거지.

第 4 章

第4章.

1

전설의 운철로 만들어진 철궤.

초난희의 영이 잠시 머물었던 월혼.

마지막으로 깊은 심연의 눈인 사혼주.

이 세 가지를 앞에 둔 독고월은 가해월에게 아무도 이곳에 들이지 말라고 했다.

싫다고 할 줄 알았던 가해월은 의외로 순순하게 굴었다. 그러고는 부디 몸조심하라는 걱정까지 내비쳤다.

마치 정인을 걱정하는 꼴인지라, 독고월의 검미가 찌푸려질 법했다. 하지만 독고월은 누구보다 잘 알았다.

가해월이 허언으로 그런 말을 남기는 위인이 아니란 걸.

그녀가 말한 대로 육감이란 어림짐작을 하는 건지, 아니면 알고 있는 걸 숨기고 있는지는 모르나, 확실한 건 무언가 심상치 않은 일이 벌어질 거라고 예상됐다.

일촉즉발인 현 강호의 정세처럼 위험하다.

본능적인 위기감.

그러나 시간은 언제나 그렇듯 부족하다.

초난희의 육신이 먼지로 화하기 전에, 이 강호가 조바심이 난 위인들의 치열한 각축전이 되기 전에 해결해야 했다.

흑야, 더 나아가선 황궁.

이들의 마수 또한 해결하는 게 중요하지만, 이번으로 더욱 확실히 알게 됐다.

독고월에겐 강호 따위보다 눈앞에 죽은 듯이 누워있는 초난희가 훨씬 중요하다는 걸.

"부디 썩은 동아줄은 아니길."

독고월은 나직이 읊조리며 세 물건 중 하나를 들었다.

가장 먼저 입수했던 월혼.

"소제가 화전민촌에서 하룻밤 묵었을 때, 초 누님이 소제한테 그랬습니다! 강호를 찬란하게 비추던 창천의 해가 저물면, 오롯이 떠오른 고고한 달이 세상을 도로 밝힐 거라고!"

"처음엔 그게 무슨 말인 줄 몰랐지만, 초 누님이 그랬습니다. 월(月)이라 쓰인 비수를 가지고 있는 분이 바로 그 고고한 달님이라고!"

자발 맞은 애새⋯ 아니, 어린놈 서문평이 가리킨 희망의 지표.

꽉!

손아귀에 쥔 월혼에 독고월은 내공을 있는 대로 퍼부었다.

차아아앙!

하얀 검날이 눈이 시리도록 새하얗게 빛났다. 평소와 다르게 한계까지 불어넣자, 쥔 손아귀가 얼어버리는 건 아닌가 싶을 정도로 너무나도 차가웠다. 하지만 멈출 순 없었다.

과연 어디까지 견뎌낼 수 있을까.

"후후."

입꼬리를 슬쩍 올린 독고월은 월혼이 버틸 수 있는 한계까지 내공을 불어넣었다. 그리고 남은 손을 뻗어 철궤를 집어들었다.

시작과 끝.

천구패의 무공을 익히게 해준 동혈에서 우연하게 아니, 필연적으로 입수한 철궤였다.

신투 구도의 심상치 않은 반응, 그리고 천기자의 안배.

해결의 실마리가 이곳에 꽁꽁 싸매져 있는 게 분명하다. 부수는 게 여는 방법이 아니라면, 다른 방법을 찾아야 함이 마땅하다.

마찬가지로 철궤에 내공을 불어넣었다.

드드드드.

철궤가 진동하기 시작했다.

그러더니 저 하늘의 저녁놀처럼 붉어지기 시작한다. 달궈지다 못해 녹는 건 아닐까 싶을 정도다. 시뻘게진 철궤를 든 독고월마저 하마터면 놓칠 뻔했다.

"크윽!"

다행히 그러지 않았지만, 철궤에서 느껴지는 열기는 차마 견디기가 어려울 정도였다.

화신단?

과거 십일야에게서 느꼈던 극양지기는 비교조차 안 되는 화기다. 그러나 살이 타는 냄새 따윈 나지 않았다. 만약 그런 열기였다면 독고월의 손은 기름에 불붙듯이 타다 못해, 녹아내려야 했으니까.

드드드득!

요동치는 철궤를 쥔 손은 시뻘게졌지만, 연기조차 나지 않았다. 극렬한 열기를 증명하듯 아지랑이가 모락모락 피어오르고, 필설로 형용할 수 없는 작열지옥이 반신을 물들였다.

월혼과 남은 반신이 지닌 극음지기가 아니었다면 까무러쳤을지도 몰랐다.

극음지기를 가진 독고월이 이런 극양지기보다 더한 열을 내뿜다니, 이건 필시 전설의 운철로 만들어진 철궤 때문일 터!

"하압!"

독고월은 극렬한 열기가 준 고통에도 아랑곳하지 않고 미친 듯이 내공을 퍼부었다. 하단전인 복부, 중단전인 가슴 부위에서 아낌없이 내공을 제공해줬다.

두 번의 탈태환골.

끊임없이 퍼붓는 걸 가능케 해줬다.

콰콰콰콰콰!

깨끗해진 혈맥을 통해 끊임없이 내공을 쏟아내는 단전들은 마치 마르지 않는 거대한 폭포와 같았다.

덕분에 양손에 쥔 열기와 냉기는 더할 나위 없이 강해졌고, 독고월은 엄청난 정신력에도 불구하고, 의식이 아득해지려고 한다.

질끈, 물컹!

독고월은 입술을 피가 나도록 깨물다가, 도저히 안 되겠는지 혀까지 베어 물었다.

주르륵!

입 주위는 물론, 앞섶이 순식간에 피로 젖을 정도가 되어서야 독고월은 겨우 정신을 수습할 수 있었다.

한계까지 몰아붙이는 것.

독고월은 이 두 개의 물건이 보이는 반응에서 자신이 택한 길이 옳았음을 확신했다.

그렇다면 남은 건 단 하나.

사혼주.

가해월이 쳐다보기도 어려워하는 이 괴이한 물건을 어찌해야 할까.

진기를 보내던 걸 멈추고 잡는 어리석음은 독고월에겐 없었다.

스으으.

사혼주를 허공섭물로 띄웠다.

독고월은 이걸 어떻게 할지 고민보다 행동이 우선임을 직감적으로 느꼈다. 생각은 짧을수록 좋았고, 행동은 과감할수록 좋다.

"지금과 같은 상황에선 말이지."

쓰게 웃은 독고월은 제 눈높이만큼 올라온 사혼주를 지그시 바라봤다.

심연의 눈이라더니.

저 짙은 어둠을 통해 누군가 자신을 주시하는 기분이 들었다.

불길하다기보다 불편하다는 느낌.

독고월은 장고 끝에 악수를 두는 유형의 인물이 아니었다. 신중할 땐 신중하더라도, 과감할 땐 누구보다 과감해지는 사람이었다.

덥석!

주위에서 누가 봤으면 깜짝 놀랄 행동을 한 독고월이었다.

놀랍게도 그는 사람 눈알보다 좀 작은 사혼주를 입에 물었다.

여기서 끝이 아니었다.

꿀꺽.

사혼주를 단숨에 삼켜버리고 말았다.

이건 거의 본능적인 행동이었다. 계산하고 자시고 해서 나올 법한 행동이 아니다. 그리고 현 상황에서 둘 수 있는 악수이기도 했다.

"크으으!"

침을 삼켜 목안으로 겨우 욱여넣은 독고월의 목이 벌게졌다.

으으으으.

무언가 변화가 생긴 것이다.

시작은 당연히 독고월에게서였다. 그의 두 눈에 흰자위가 모두 사라지고, 삽시간에 검게 물들었다.

"으아아—!"

독고월의 양손이 겹쳐졌다.

이건 본능에 의해서가 아니었다.

두 손에 든 각기 다른 기보가 서로 강렬히 끌어당긴 덕분이었다.

자성을 띤 음양(陰陽)의 조화라고 설명할 순 있겠지만, 좀 더 근원적인 이유가 있으리라.

운철의 타오르는 열기와 월혼의 시린 냉기가 맞닿은 순간!

콰아아앙!

대폭발이 일어났다.

동시에 독고월의 의식은 아득해지다 못해 저 멀리 사라졌다.

2

뿌연 안개가 시야를 그득 메웠다.

한 치 앞도 분간하기 어려웠음에도 걷고 또 걸었다. 이정표 따윈 없었다. 그냥 몸이 이끄는 대로, 본능이 이끄는 대로 안개를 헤치며 나아갔다.

휘오오오.

어느 순간부터는 끈적한 안개가 걸음을 옮길 때마다 더 요동치기 시작했다. 온몸을 휘감았다가 분분히 흩어졌다.

마치 이리저리 간 보는 느낌이었다. 불쾌하다는 생각보다 지금은 묘한 느낌을 받았다.

안개가 얼핏 잡아끄는 게 마치 길 안내를 해주려는 것 같았다. 잘못된 방향으로 가지 않도록.

"흠, 도대체가 이유를 모르겠군."

정신을 차려보니 이런 상태인지라, 별다른 방법 없이 안 개가 끄는 대로 가는 중이었다.

초인적인 독고월의 안력으로도 분간이 가지 않는 안개 라니 믿을 수가 없었다. 어둠도 대낮처럼 보이고, 조금만 집중해도 이 정도 안개쯤은 꿰뚫어 볼 수 있어야 했다. 거 기다 기감은 사방팔방으로 뻗쳐 개미 새끼 한 마리 놓치지 않을 정도 예민하고.

한데 아무것도 없다니, 있다면 몸을 휘감는 끈적한 안개 뿐이다.

설마 죽은 걸까?

독고월은 실소를 흘렸다. 그런 가능성도 배제할 순 없었 으나, 그간 겪어본 바로는 천기자의 말로 설명할 수 없는 이능(異能)일 가능성이 농후했다.

물론 그게 어떤 건지는 전혀 모른다.

이런 이능 쪽으로는 무식하기로 수위를 다투는 독고월 이었다. 가해월 정도는 되어야 시원하게 답변을 내려줄 수 있을 것 같았다.

"그나저나 며칠이 흐른 건지 도저히 감이 잡히질 않는
군. 꽤 많이 걸은 것 같은데."

시간, 공간 감각 같은 것이 완전히 엉망이 됐다.

독고월조차 정확히 가늠되질 않았다. 지치지도 않았고,
섬전행이라도 쓸 수 있다면 써보련만. 어찌 된 영문인지
내공은 요지부동이었다.

거기다 양손에 있어야 할 기보들은 물론, 늘 허리춤에 매
어났던 월광도도 없다. 사혼주를 욱여넣은 뱃속도 편안했다.

완전 빈털터리.

불안해할 만한 상황이지만, 독고월은 뒷짐을 진 채 편안
히 걸었다.

"걷다 보면 언제고 닿겠지."

조바심과 거리가 먼 독고월은 쭉 걷다가 좀 지루하면 제
집 안방 마냥 드러누웠고, 드르렁~ 코까지 골았다. 피곤해
서가 아니었다. 그냥 단순한 행동방식으로 여유를 되찾으
려는 노력의 일환이었다.

한 치 앞이 분간 안가는 이런 상황이 오래도록 계속되
면, 아무리 입신지경에 이른 고수라도 불안감에 떨기 마련
이다. 외로움도 외로움이지만, 이러다 영영 출구를 찾을
수 없는 건 아닌가 싶을 정도의 불안감이 꼬리처럼 따라다
녔다.

"으랏차."

그렇게 일어나서 일상적으로 걷다가 잤고, 다시 일어나
또 걸었다.

슬슬 그마저도 지루해질 찰나.

한 치 앞도 안 보이는 시야에 가물거리는 초롱불이 보였
다. 바람이라도 훅 불면 꺼질 듯이 깜박거리고 있었지만,
확실히 초롱불이었다.

독고월은 그걸 방향 삼아 걷기 시작했다. 신기루처럼 가
까이 가면 사라지는 종류의 것일 수도 있었다.

그간 천기자의 고약한 행적으로 보건대, 희망을 줬다가
도로 뺏을 가능성도 무시 못했다.

그때였다.

탁, 탁.

돌을 내려놓는 소리가 어렴풋이 들려왔다. 돌탑을 쌓는
게 아니었다. 독고월의 귀에 익은 소리였다.

"이런 안갯속에서 수담이라, 고약한 취미지."

독고월은 부지런히 발을 놀렸다. 머지않아 초롱불에 가
까워질 수 있었다.

탁, 탁!

돌을 놓는 소리도 점점 커졌다.

놓는 속도는 일정했다. 한 수가 놓이면, 바로 다른 수가
놓였다. 장고 끝에 악수 둘일 없을 정도로 빠르다. 다분히
도전적으로 느껴지기까지 했다.

탁탁!

역시나 한 수가 놓이면 바로 다른 수가 따라붙었다. 그
속도가 좀 더 빨라졌다.

저벅.

도착한 독고월이 발소리를 낼 때쯤.

탁.

한 수가 놓였고, 처음으로 다음 수를 놓는 간격이 길어
졌다. 아니, 아예 놓지 않았다.

그 이유는 독고월이 초롱불로 밝힌 정자에 도착해서였
다.

두 조손(祖孫)의 눈빛이 잠시 독고월에게 머물렀다.

똘망똘망한 눈동자가 인상적인 여아가 막 놓으려던 수
를 거뒀다.

노인은 독고월을 일별한 뒤, 제 허연 수염을 쓸었다.

"손님이 왔구나. 오늘은 여기까지 해야겠구나."

"네."

차르륵, 차르륵.

여아가 시무룩해진 얼굴로 고개를 끄덕이고는 정리하기
시작했다. 올망졸망한 이목구비의 여아는 크면 대단한 미
인이 될 듯했다. 어린 소녀와 마주한 선풍도골의 노인을
많이 닮았다.

"수담을 계속 나누지 않고서, 왜 정리를?"

제법 공손한 독고월의 물음이었다.

선풍도골의 노인은 기품있는 미소를 흘렸다.

"어차피 노부가 밀리던 수담이었네."

"칫."

치기 어린 소리를 낸 여아에 독고월의 시선이 머물렀다. 뾰로통해진 얼굴로 홱! 고개까지 돌렸다. 제법 당돌하다.

노인이 껄껄 웃었다.

"어차피 반집 주고 두지 않았더냐? 손님 앞에서 이 할애비를 기어이 망신줘야겠느냐?"

"칫."

여아는 뾰로통한 얼굴로 팔짱을 낀 채로 돌아앉았다.

독고월은 두 조손을 보고 있다가 문득 든 생각을 입 밖으로 내었다.

"내가 올 거라 예상한 건가?"

"……"

"……"

두 조손이 별 해괴한 소리 다 듣겠다는 표정을 해 보였다.

독고월도 자신이 참 바보 같은 질문을 했다고 여겼는지, 안 어울리게 헛기침까지 했다.

"거, 객쩍어서 물어볼 수도 있지. 째려들 보기는……."

"그보단 자넨 누군가?"

노부의 물음에 독고월은 벼락 맞은 것처럼 굳었다. 자신이 누군지 몰라서 묻는 게 아니라고 여겨져서다.

독고월에게서 답이 없자, 옆에 있던 여아가 종알댔다.

"해님과 달님 중 어느 쪽이시냐고 물으시는 거예요."

"……."

당연히 후자인데.

독고월은 섣불리 답하지 못했다. 그냥 쉬이 대답하기엔 뭔가 미진한 느낌이었다.

노인은 가볍게 혀를 차고는 옆에 놓인 고풍스러운 찻잔을 집어들었다.

후르륵.

차를 마신 노인이 여아가 건넨 무명천으로 입술을 살짝 찍었다.

"너무 당연한 물음이었나. 하면 여긴 뭐하러 왔는가?"

"……."

독고월의 머릿속에 수많은 이유가 떠올랐다. 하지만 곧 그 이유가 사그라지고, 단 한 가지 이유만이 남았다. 손가락이 한 지점, 여아를 가리켰다.

"데려가기 위해서지."

"……!"

여아가 깜짝 놀라는 모습이 하얀 토끼처럼 제법 귀여웠지만, 그걸 볼 새가 없었다. 노인이 손을 들며 한 말 때문이었다.

"불가하네, 그만 돌아가시게."

3

순순히 물러설 생각은 없었다. 하지만 당사자 또한 고개
를 가로젓는 중이었다.

"전 여기서 할아버지랑 있는 게 더 좋은 걸요."

"……."

치기 어린 대답에 독고월은 일순 말문을 잃었다. 망치로
뒤통수를 세게 얻어맞은 것 같았다. 설마 거절 받을 줄은
몰랐던 것이다.

노인은 청수한 인상에 어울리는 미소를 지었다.

"그래, 그러려무나. 언제까지고 이 할애비와 함께 수담
을 나누자꾸나."

"네!"

똘망한 눈으로 기운차게 답한 여아는 바둑돌을 마저 정
리하기 시작했다.

차르르, 차르륵.

단풍잎 같은 손으로 돌을 정리하는 모습을 보고 있는 노
인의 입가엔 인자한 미소가 떠나질 않았다.

멍한 표정의 독고월을 깨운 건 노인의 목소리였다.

"이왕 예까지 왔으니 노부가 차 한 잔은 대접해주겠네.
잠깐 머물다 가시게나."

"……!"

독고월은 거절하고 자시고 할 게 없었다. 어느새 독고월
은 노인과 마주하고 앉았다.

대체 어느새!

머릿속에서 경각심이 찌르르 울렸다. 이곳에서 노인의
존재가 절대적이란 느낌을 지울 수가 없었다.

쪼르륵.

찻잔에 향긋한 차향이 그득해졌다.

"너무 경계하지 말게나. 그저 노부가 타주는 차 한 잔 마
시다 가면 되는 일이니."

"……."

독고월은 제 앞에 놓인 찻잔을 보지도 않았다. 왠지 마
시면 안 될 것만 같았고, 지금 중요한 건 노인이 준 차 따
위가 아니었다.

검은 돌과 하얀 돌을 매만지며 노는 여아가 무엇보다 중
요했다.

노인은 독고월의 시선을 따라갔다.

"저 아이에게 마음이라도 있는 겐가?"

"뭐?"

드물게 당황까지 한 독고월이었지만, 대답은 바로 이어

졌다. 바로 고개가 저어진 것이다.

"그럴 리가."

"……."

돌을 만지던 여아의 손이 멈칫했다. 노인을 보고 배시시 웃더니 다시 돌을 매만지며 놀았다.

노인이 차를 권했다.

"모진 현실을 줄곧 감내하기만 했던 아이네. 그만 괴롭히고, 가시게나. 어차피 우린 이 세상과 어울리지 않던 이들이었지 않은가."

"……."

"정을 붙일 곳도, 정을 둘 인연도 없지. 왜냐면 우리는 이 세상에 역병과 같은 존재라네. 누구도 가까워지려 하지도, 그 누구와도 가까워져서도 안 되는……."

"푸념은 그쯤하고."

손을 들어 노인의 입을 막은 독고월이 이어서 여아에게 물었다.

"정말 날 따라나설 생각이 없느냐?"

"네."

일말의 여지도 없이 대답은 바로 나왔다. 묻는 사람이 민망해질 정도였다.

"어째서?"

"이곳이 좋아요. 할아버지도 있고."

독고월은 주위를 둘러봤다. 안개에 한 치 앞도 안 보이는 정자 따위는 아무리 좋게 쳐줘도 있을 곳이 못 됐다.

기다렸다는 듯이 노인은 옷소매를 가볍게 휘저었다.

짹짹.

순식간에 형형색색의 아름다운 새들이 날고.

졸졸.

명경지수나 다름없는 맑은 시냇물이 흐르고, 탐스러운 과일이 주렁주렁 열린 도원경이 펼쳐졌다.

여아는 손뼉을 치며 좋아했다. 쪼르르 달려가 과일 하나, 천도(天桃)를 따서 시냇물에 씻더니 한 입 깊게 베어 물기까지 했다. 향긋한 물이 흐르는 달콤한 과육에 여아는 볼을 발갛게 물들였다.

"천도도 좋지만, 이곳에 있으면 더는 보지 않게 되어 좋아요."

"뭐가 좋은데?"

독고월의 날 선 물음에 여아는 배시시 웃더니 천도를 먹어치우는 데 여념이 없었다.

대답은 노인이 해줬다.

"더이상 사람들이 고통에 겨워 신음하는 걸 보지 않게 되니 좋다는 말이네. 위정자들에게 이용당할 일도 없고."

"……."

"지울 수 없는 낙인으로부터 유일하게 자유로워지는 방

법이라네."

"자유? 도피겠지."

실낱같은 예의마저 거둔 날 선 대답에도 노인은 기분 나쁘하지 않았다.

툭.

오히려 천도를 떨어트린 여아가 눈물마저 뚝뚝 흘렸다.

독고월이 그 여아 앞으로 다가갔다.

"이런 곳에서 저런 늙다리랑 단둘이 숨어있는 게 좋다고? 그게 말이 되냐?"

"허허."

노인은 그저 웃었다.

여아는 앙칼지게 두 눈을 치켜떴다.

"아무것도 모르면서 함부로 말하지 마세요. 할아버지를 나쁘게 말하면 제가 절대로 용서 못 해요!"

용서 못 하면 어쩔 건데, 라는 말이 턱밑까지 차올랐다. 비아냥거림을 삼킨 독고월은 한쪽 무릎을 꿇었다. 여아와 눈높이를 맞췄다.

"저 밖에 너를 기다리는 이들이 있다면 어쩌겠느냐?"

"그런 사람 없는데요?"

이번에도 대답은 칼같이 나왔다.

"가해월이 들으면 서운할 소릴 아무렇지 않게 하는군."

"가해월……."

여아는 곰곰이 생각에 잠겼다. 계속 곱씹어 보는 것이 쉬이 떠오르지 않는 듯했다. 뭔가 이상한 태도다.

방해받는 느낌이랄까.

덥석.

"이제 시간 됐네. 그만 가게나."

노인이 독고월의 어깨를 힘주어 잡아챘다.

묘한 이질감.

독고월의 고개가 서서히 돌아갔다. 검미는 지금까지와 달리 잔뜩 찌푸려진 상태다.

노인은 삼엄한 표정을 지었다. 당장 물러나지 않으면 큰일을 당할 것 같은 존재감이 느껴졌다.

물론 늘 그렇듯.

"손 안 치워?"

독고월은 막 나갔다.

4

암전이 찾아왔다.

순간 눈앞이 깜깜해진 독고월은 발밑이 훅 꺼지는 거러 느꼈다.

자유낙하를 시작한 것이다.

펄럭, 펄럭!

끝이 보이지 않는 낭떠러지에서 떨어지는 끔찍한 느낌.

보통사람이라면 혼절하거나 비명을 지르겠지만, 독고월은 아니었다. 그저 가만히 기다렸다. 어차피 환상이란 걸 이미 알고 있는 상태다. 어떠한 환상이라도 지고한 경지에 오른 독고월을 겁주기엔 부족했다.

"제법 대가 쎈 놈이구나. 하지만 아직 시작에 불과하지. 공포란 게 어떤 건지 보여주마."

들려온 노인의 경고는 무척이나 섬뜩했다. 바로 귓전에 대고 속삭이는 것이 소름이 돋을 정도였다.

휙!

거칠게 팔꿈치를 날려보지만, 맞아줄 상대는 없었다.

보이지 않는 심연 속으로 계속해서 떨어져 내릴 뿐이었다.

때론 급박하게, 때론 깃털처럼.

그럼에도 보이는 건 자신의 몸뿐이었다. 시야에 잡히는 건 지독한 암흑이다.

언제 바닥에 처박힐지 모르는 두려움이 치밀어올라야 정상인 상황.

이대로 어디까지 떨어지는 건지, 저 밑바닥엔 무엇이 기다리고 있을지. 그게 몸을 갈기갈기 찢는 칼날인지, 짓이겨버릴 돌 바닥인지, 녹여버릴 용암인지 알 길이 없다.

인간이 공포를 느끼는 가장 큰 이유는 단 하나.

바로 상상력이다.

인간의 끝 모를 상상력이 형언할 수 없는 공포를 안겨주는 거다.

독고월은 그럴수록 정신을 일 점으로 집중했다.

환술의 파훼법.

현실과 환술을 정확히 구분해야 한다. 현실을 잊고 환술에 매몰되서 정신이 죽는다면, 그야말로 죽는 것이다.

그래서 환술이 무섭다.

대단한 무공이 목숨을 보장해주는 건 아니었으니까.

끝도 없이 떨어지는 이곳에서 육신이 형체를 알 수 없을 정도로 조각조각 난다고 해도 믿어선 안 됐다. 물론 다 떠나서 독고월은 이런 환술에 허둥댈 위인이 아니었다.

"슬슬 지루해서 하품이 나는데."

"……."

독고월의 코웃음에 노인은 적잖이 감탄했다. 환술로는 그를 어쩌지 못할 거란 걸 알고는 있었지만, 아주 잠시나마 일렁였던 그의 내면은 이미 잔잔한 호수가 되었다.

평온한 신색.

그의 마음속엔 두려움의 한 조각조차 없었다. 모래알만 한 두려움만 있어도 지금 이상의 지옥을 보여줄 수 있건만, 상대를 잘못 골랐다.

독고월이 잠시 감았던 두 눈을 떴을 땐.

다시 정자 안이었다.

아까의 도원경이 아닌 참혹하게 훼손된 시체들이 낸 피로 시내를 이루는 곳.

목불인견의 참상이 펼쳐져 있었다.

파리와 같은 날벌레떼가 정신 사납게 윙윙거리고 있었고, 말로 형용할 수 없는 고약한 냄새가 코를 마비시켰다.

그런 곳에 노인과 독고월은 마주 앉았다.

독고월이 인상을 그었다.

"고약한 취미를 가진 사람이라는 건 알지만, 포기를 모르는 구질구질한 근성까지 가지고 있을 줄이야. 가해월 취향이 보통이 아닌 줄 알았지만, 이렇게 사내 보는 눈이 없어서야."

"……."

"날 떠보려는 개수작은 이쯤 하지. 선문답도 싫으니 딱 핵심만 말해."

"허허."

한차례 너털웃음을 터트린 노인은 초탈한 눈빛으로 독고월을 주시했다. 어울리지도 않는 공손함을 거둔 독고월에게서 느껴지는 건 도전이었다.

그 누구에게도 굽히지 않을 뻣뻣함이 그에겐 있었다.

"대가 세면 부러지기 쉬운 법이라네."

"까짓 거 부러지면 되는 일을 잘난 듯이 애매모호하게 말하지 말고, 난 데리고 가야겠어."

"……."

노인은 왜냐고도 묻지 않았다. 가늠할 수 없는 시선으로 바라만 볼 뿐이었다.

독고월은 불편한 눈초리에도 아랑곳하지 않았다.

"어차피 그러려고 시작한 일이니 끝을 봐야지."

"그저 보은일 뿐이라면 관두게. 배은망덕한 일이 되고도 남음이네."

"그걸 누가 정하지?"

"본인이 원해서 하는 말이네."

"……."

이번엔 독고월이 입을 다물었다.

노인은 제 앞에 놓인 찻잔을 입가에 가져가면서 호로록 불어 마셨다.

참혹한 시체들을 앞두고 차를 마시는 괴이한 광경.

노인은 무감각한 시선으로 주위를 한차례 훑어봤다.

"사람이 죽는 모습을 매일 아니, 시도 때도 없이 봐야 하는 심정을 아는가? 원치 않아도, 쏟아져 들어오는 사람들의 원성과 고통 어린 신음을 들어야만 하는 이의 심정을 십분이라도 이해할 수 있겠는가?"

"……."

쥐꼬리만큼도 이해 못 한다.

경험해 본 적이 없었으니까.

"이제야 그 굴레를 벗어던지고 자유로워진 아이네. 지옥이나 다름없는 인세에서 홀로 견뎌왔을 시간을 생각한다면 그만 떠나시게. 막말로 자넨 그 아이와 어떤 사이도 되지 않는 사람 아닌가? 자네의 보은이라는 같잖은 이기심으로 그 아이를 망치지 말게나."

탁.

노인은 그리 선언하고 찻잔을 내려놓았다. 더 이상의 이야기는 무의미하다는 태도였다.

무언의 축객령.

독고월은 팔짱을 낀 채 노인의 혜안을 바라봤다. 무저갱과 같은 깊은 눈빛, 많이 닮았다. 그리고 가해월이 과거 왜 그렇게 목매달았는지 알만했다. 다 늙어 꼬부라져도 잘생기고 지랄이다.

젊었다면 독고월의 준수한 외모에 견줄만하였다.

"내가 제일 싫어하는 말이 있지."

"⋯⋯."

노인은 가만히 뒷말을 기다렸다.

"아프니까 청춘이다. 젊어서 고생은 사서도 한다. 뭐, 이런 말들인데. 지금껏 들은 개소리 중에 단연 최고들이었지."

"그래서 그 고통을 감내해야 한다는 이야기인가? 아니면 그러지 말라는 건가? 말하고자 하는 요지를 잘 모르겠군."

노인의 살짝 찌푸린 백미에 독고월은 낮은 웃음소리를 흘렸다.

"그렇지? 나도 잘 모르겠어. 왜 내가 이런 말을 지껄이는 건지 말이야."

"……"

"걔가 몇 살이지?"

"방년은 되었다네."

"참 아깝네. 이제야 한창 꽃을 피울 예쁜 나이에 할애비 잘못 만나서 고생이란 고생은 다 쳐 하고, 그것도 모자라 생면부지의 사내 하나 구하고자 제 목숨까지 쳐 바치는 일을 하다니 말이야. 어리석어, 정말이지 어리석다고."

"……"

노인의 백미가 처음으로 미미하게 떨렸다.

독고월은 그 노인의 눈을 똑바로 바라봤다.

"내가 너희 조손이 가진 이능에 대해 잘 모르지만, 한 가진 알아. 아무리 너희가 천기를 보는 눈이 있고, 남들이 보지 못하고, 알지 못한 거에 대해 다 안다고 해도!"

"……"

"자신할 수 있어?"

"뭘 말인가."

노인의 딱딱한 어조에 독고월은 히죽 웃었다.

"세상의 모든 걸 경험해봤다고 말이야. 물론 간접경험이야 원 없이도 해봤겠지. 내가 모르는 잘난 능력들로 말이야. 하지만 자신할 수 있냐고?"

"중언부언은 그쯤 하게."

노인의 불편한 일성이었다.

독고월은 히죽 웃었다.

"그 애가 영원히 불행하고, 고통스러울 거란 걸 말이야."

"……"

노인은 대답을 쉬이 하지 못했다. 입은 한일자로 굳게 다물려 있는 시간이 길어졌다.

손녀의 죽음까지만 본 게 확실하다.

그리 생각한 독고월은 가슴에 손을 얹었다.

"난 자신할 수 있지."

"……"

"개똥밭에 굴러도 이승이 저승보다 좋다는 걸 말이야."

"왠가?"

"왜냐고? 육십 년을 혼백으로 살아봐, 이 넋 빠진 늙은이야. 그럼 왜냐는 말이 쏙 들어갈 테니까."

과거 남궁일 속에서 있던 끔찍한 나날들을 떠올린 독고월, 정말 몸서리가 쳐지게 싫었는지 인상을 있는 대로 썼다.

노인.

천기자는 입가에 인자한 미소를 띄웠다.

"가보게나."

"또 어딜?"

"그 아이가 기다리고 있는 곳으로."

펄럭.

독고월의 불만에 천기자가 느긋하게 소매를 휘저었다.

곧 새하얀 빛이 독고월의 시야를 그득 메웠다.

"그냥 내 앞에 데리고 오면 되잖아. 눈꼴시게 이게 뭔 짓이야?"

펄럭!

그 불만을 들었음에도 천기자는 못 들은 척 더욱 눈부신 효과를 강조했다.

감아도 두 눈이 멀어 버릴 것 같자 독고월이 투덜거렸다.

"하여튼 편하게 가는 법이 없지."

펄럭, 펄럭!

물론 발광 효과는 더욱 세졌다.

"아, 적당히 하라고!"

깊고도 깊은 심연.

분간이 안가는 어둠 속에서 눈을 떴다. 보이는 거라곤 자신의 육체뿐인 여전한 암흑 속이지만, 이제 독고월에게 별다른 감흥을 주지 못했다.

철썩, 철썩.

이번엔 어디선가 들려오는 물결치는 소리가 이정표가 되어주었다.

독고월은 소리로 방향을 잡고 나아갔다. 이 걸음의 끝이 어딘지 모르겠지만, 계속해서 걷다 보니 머지않아 목적지에 당도할 수 있을 성싶었다.

첨벙.

어둠 속에서 밟힌 물.

발등까지 차오른 물결이 느껴졌다.

독고월은 주위를 둘러봤다. 시력이 돌아왔는지, 저 멀리 초롱불이 하나 보였다. 그리고 그 초롱불 밑에 검은 물이 일렁이고 있었다.

나룻배.

독고월은 초롱불에 의해 드러난 나룻배를 보며 팔짱을 꼈다.

"삼도천(三途川)인가?"

죽은 사람이 건너게 된다는 강을 말하는 것이다.

한데 얕지 않아 보였다. 나룻배를 띄울 정도면 깊다는 소리겠다.

끼익, 끼익.

그 나룻배가 점점 가까워졌다.

첨벙.

독고월은 한 발짝 더 다가갔다.

끼익.

나룻배가 멈췄다.

초롱불을 든 여아가 고개를 가로젓고 있었다.

"그만 돌아가세요."

"어딜?"

"원래 있어야 할 곳으로요."

휙.

독고월이 땅을 박찼다. 내공 한 점 쓰지 않았는데도 신형은 깃털처럼 가벼웠다. 덕분에 나룻배에 탄 여아 옆으로 안착할 수 있게 됐다.

끼익, 끼익.

잠시 흔들린 나룻배는 다시 나아갔다.

여아는 기함할 정도로 놀랐다.

"어서 내리세요! 이대로라면 건너편으로 가게 된다구요!"

"건너게 되면?"

독고월이 느긋하게 되묻자, 여아가 답답하다는 듯이 제 가슴을 탁탁 쳐댔다.

"다시는 돌아갈 수 없다는 걸 아시잖아요!"

"그렇군."

전혀 그렇지 못한 상황인데도 독고월은 유유자적하게 발까지 꼬아 앉았다.

덕분에 나룻배는 더욱 흔들렸다.

초롱불을 든 여아가 독고월의 소매를 잡아끌었다.

"어서요, 어서 가라구요!"

"싫다."

낑낑거리며 잡아채도 독고월은 요지부동이었다. 목석처럼 가만히 나룻배가 나아가는 대로 있었다.

덥석.

여아는 독고월을 안고 있는 힘껏 일어나게 해서 나룻배 밖으로 밀어내려 했다.

"정말 왜 이렇게 고집을 부려요! 그만 가라구요. 정말 이대로 가면 다시는 못 돌아간다구요! 당신, 정말 미쳤어요? 이대로……!"

"같이 가자."

갑작스런 독고월의 말에 여아는 한 방 맞은 얼굴을 해 보였다.

둘 사이에 침묵이 내려앉았다.

끼익, 끼익.

나룻배가 나아가는 소리가 그 침묵을 깨트렸다.

"그럴 수 없어요."

여아가 고개를 가로저었다.

"왜?"

"역천(逆天)을 한다는 게 어떤 건지 몰라서 물어요?"

"몰라, 그딴 거. 날 때부터 반골이라 의미도 없고."

너무나도 솔직한 대꾸에 여아는 할 말을 잃었다. 귀여운
눈썹이 잔뜩 찌푸려졌다.

"얼른 내려요."

"같이 가면."

"내리라구요!"

눈에 쌍심지를 키고 앙칼지게 외쳤지만, 눈빛과 표정에
힘이 실려있지 않았다.

독고월은 이제 아예 드러누웠다. 그러자 어둠 속에 무수
히 많은 별이 보였다.

"흐음?"

하지만 자세히 보니 별들이 아니었다.

초롱불을 단 나룻배들이었다.

어두운 밤하늘을 닮은 또 다른 삼도천을 건너는 나룻배
들의 향연.

"휘유."

독고월이 휘파람을 불 정도로 제법 장관이었다. 지금
껏 단 한 번도 보지 못한 이 장관을 그놈은 봤을까 싶었
다.

"남궁일도 이걸 봤을까? 봤다면 가는 길은 적적하지 않
았겠네."

"……."

여아는 답하지 않았다.

끼익, 끼익.

나룻배는 고요한 삼도천을 계속해서 헤쳐나갔다.

"가면 만날 수 있겠지? 과거엔 그 도적놈이 날 못 알아
봤는데 말이지. 이번엔 알아보겠지? 만약에 못 알아본다
면 삭신이 쑤시다 못해 넝마가 될 정도로 패주겠어."

혼자 킬킬대며 웃는 독고월.

뚝뚝.

그의 얼굴 위로 물방울이 떨어져 내렸다.

여아가 위에서 그를 내려다보고 있었다. 별을 그득 담은
눈동자가 물기에 젖어있었다.

"대체 나한테 왜 이러세요, 정말."

"같이 가고 싶으니까."

"……."

"거기가 어디든……."

독고월은 그리 말하며 손을 뻗었다. 여아의 뺨을 감싸 쥐며 웃었다.

"…그러니까 고집부리지 말고, 같이 가지."

"역천을 하게 되면! 천기가 어그러지게 되고. 천기가 어 그러지면, 세상에 혼란에 빠진다구요. 그럼 혼란에 대한 끔찍한 대가를 당신이 치러야 할지도 몰라요. 그러니 이제 그만 가시라고요, 네?"

여아의 울먹이는 경고에도 독고월은 표정 하나 변하지 않았다.

"까짓 거 치르라지."

"단순히 치르라지! 라고 할 문제가 아니라구요. 정말 왜 이렇게 멍청하게 구세요. 그때처럼!"

자신의 시신을 어떻게든 보호하려던 독고월이었다.

시신을 향한 공격도 모두 제 몸으로 받아내던 그가 이번 엔 또 무슨 바람이 불어와선 안 될 곳까지 온단 말인가.

여아의 모습을 한 초난희는 눈물만 하염없이 흘렸다.

"그러니 돌아가세요, 제발. 난 이대로 가면 되니까. 그 만 가시라구요."

"그럴 수 없지."

"대체 왜요! 절 사랑하는 것도 아니면서 대체 왜 저와 같 이 가려는 건데요! 보은이라면 관두세요. 애초부터 대계에 끌어들이기 위해서 살린 것 뿐……!"

초난희는 말을 멈췄다. 느닷없이 독고월이 자신을 안아 들어서였다.

"꼭 누군가를 좋아해야만 같이할 수 있는 거냐?"

"……!"

"사랑해야 같이 가는 건가? 남궁일 고놈은 여인이 울면 일단 입술부터 틀어막고 보는 경향이 있어서 말이다. 지금껏 따라 하긴 했는데 말이지."

"네, 네?"

초난희가 적잖이 당황했다.

독고월은 그런 그녀를 내려다보면서 웃었다.

"지금 그랬다가는 큰 문제가 될 거 같고. 그래서도 안 되고."

"대체 무슨 알아듣지 못할 소릴……!"

"잘 모르겠다. 누군가를 좋아한다는 감정이 어떤 건지."

초난희는 느닷없는 고백에 말을 멈췄다.

끼익, 끽.

그리고 나룻배가 서서히 속력을 줄였다.

어느덧 삼도천 반대편에 다다른 것이다.

독고월은 초난희를 안은 채로 나지막하게 속삭였다.

"하지만 너를 살리고 싶다는 감정은 알지. 이게 네가 수긍할만한 이유가 될지 모르겠지만 말이야."

초난희는 떨리는 눈빛으로 그를 올려다봤다.

싱그러운 미소를 짓는 그 모습에 할 말을 잃어갔다.

곧 초난희는 제 몸이 시리도록 차가운 물속으로 떨어지는 걸 느끼며 그대로 혼절했다.

풍덩.

너무나도 제멋대로인 작자라는 생각을 하며.

第 5 章

第 5 章.

1

무림맹의 본성 앞은 전운이 감돌았다.

남은 비강시 오십 기가 도착했다는 첩보가 온 것도 아닌데, 분위기는 당장에라도 들이닥칠 듯했다.

병장기를 움켜쥔 마교도들은 절도있는 움직임으로 도열해 있었다. 총공세를 앞둔 터라 그들이 뿜어내는 기세는 흉흉했다.

수성하는 무림맹 입장에선 난리가 났다.

남은 비강시가 도착해서야 시작될 줄 알았던 총공세인데, 도대체 무슨 바람이 불었는지 모르겠다.

하긴, 어디 마교 놈들이 시작한다고 외치고 공격을 해대는 놈들이던가.

어차피 언제고 터질지 모르는 화약고였다.

이 정도만 해도 그간 많이 참은 거다.

제갈현군은 미리 방비해둔 대로 준비를 시키면서 마교주 초무진 쪽을 바라봤다.

초무진은 느긋한 얼굴로 제갈현군을 주시하고만 있었다. 곧 대전을 앞둔 사람이 보일 태도가 아니었다. 숫제 마실 나온 사람처럼 군다.

"비강시 오십 기만으로 우릴 압살할 수 있다 이거군."

제갈현군이 씁쓸히 읊조렸다.

곁에 있던 모용준경이 심중에 담아두고 있던 용건을 꺼냈다.

"군사님, 감히 제가 한 말씀 올려도 되겠습니까?"

"감히라니 그 무슨 천부당만부당 한 말인가. 내 소신룡이 하는 말은 귀를 씻고 들어야지."

제갈현군이 농을 섞어 말하자, 모용준경의 얼굴빛이 대춧빛처럼 붉어졌다. 듣기 좋은 농이라도 부끄러운 건 숨길 수가 없었다.

그 순진한 반응에 제갈현군은 기꺼운 미소를 지었다. 상황만 아니었다면, 아리따운 여식이라도 불러 자리 한 번 마련하겠는데. 지금 무림맹을 비롯한 정파 강호는 절체절명의 위기에 빠져 있었다.

무림맹의 무인들은 긴장된 얼굴로 병장기를 꼬나쥐고

마교주만 바라봤다.

그의 입이 떨어지는 순간.

대전은 시작이었다.

아비규환의 장이 될 건 불을 보듯 뻔했다. 소규모의 국지적인 분쟁도 그리 밀렸는데, 밀물처럼 들이닥칠 마교도의 총공세를 버텨야 한다.

바람 앞의 촛불보다 못한 신세다.

도열한 오십 기의 비강시들의 위용을 보자면 오줌이라도 쌀 것 같았다. 백 기였을 상황은 생각도 하기 싫었다.

과연 이 자리에서 몇이나 살아남을 수 있을까.

성안에 만연한 절망적인 분위기를 누구보다 잘 아는 모용준경이었다.

시작도 전에 기세에 지면, 가뜩이나 병력과 고수 숫자에서도 밀리는데, 비강시까지.

맞붙으면 결과는 어찌 될지는 뻔하다.

수성이라는 이점도 비강시들의 존재로 말미암아 사라졌으니까.

애초에 강호인들에겐 수성이라는 개념 자체가 우습긴 하지만, 확실한 건 어느 정도 우세를 점할 수 있는데, 지금 상황에선 이점을 살릴 수가 없었다.

그러니 나설 수밖에.

"유령신마와 대장전을 허락해주십시오."

"어째서인가?"

이미 그 의중을 짐작한 제갈현군은 모르는 척 되물었다.

모용준경은 검병을 말아쥐었다. 마치 호승심이 치밀어 오르는 것처럼 뜨거운 눈빛으로 전장을 쏘아봤다.

"받아낼 빚이 있습니다."

"……."

제갈현군은 현기 어린 눈빛으로 모용준경을 바라봤다.

어째서 모용준경이 대장전을 벌이려는지 알고 있었다. 전장에선 기선제압이라는 건 굉장히 중요했다. 만약 이 분위기 그대로 시작한다면 안 그래도 지는 싸움인데, 기세마저 밀리면 끝장이었다.

일방적인 몰살.

그러니 그 자신이 나서서 분위기를 끌어올리겠다는 뜻인데.

참으로 가상하다.

군사라면 당연히 승낙해야 함이 마땅했다. 대장전이 주는 이점을 누구보다 잘 알기 때문이었다.

그럴 가능성은 크지 않으나, 만에 하나 대장전에서 승리하면 패색이 짙은 전장의 분위기가 바뀌는 건 물론! 승리자와 패배자가 바뀔 지도 몰랐다.

하지만 상대가 너무 나쁘다.

유령신마는 초절정고수 중에서도 수위를 다투는 인물이

다. 그 괴이신랄한 마공 덕분에 무명자라는 초고수들도 꺼리는 상대였다.

한데 서른이 안 된 모용준경보고 상대하라고?

아무리 초절정 무인이라고 해도, 이건 섶을 지고 불 속으로 뛰어들라는 소리였다.

그간 모용준경이 얼마나 고군분투했는지 누구보다 잘 아는 이들 아니던가.

한데도 모용준경은 맑고 깊은 눈빛으로 제갈현군을 바라봤다. 공명심에 눈이 멀어서 공을 세우기 위해서가 아니었다. 거창하게 대의명분을 내세우지도 않았다.

그저 받을 빚이 있다고 할 뿐이다.

하지만 그 속내를 어찌 모를까.

제갈현군은 어떻게든 무림맹의 짙어진 패색을 바꿔보려는 청년고수의 눈물겨운 속내를 잘 알았다.

무명자들도 고개를 주억거리며 감탄해 마지않았다. 도인들은 도호를, 승려들은 합장하였다. 걸인들도 호감이 듬뿍 담긴 눈으로 모용준경을 주목했다.

모든 무림맹의 무인들이 그 분위기를 느끼고, 모용준경만을 바라봤다.

오직 모용설화와 서문평 만이 걱정 어린 눈빛을 하고 있었다. 하지만 전날에 이미 이야기가 됐음인지, 대놓고 말리거나 반대 의견을 내진 못했다.

지금은 모용준경이 나설 수밖에 없는 상황이었다.

제갈현군은 천천히 입술을 뗐다.

"불가하네. 초절정고수인 자네가 혹 당하기라도 하면 어쩌란 말인가."

"……."

의외의 대답에 모용준경이 눈을 크게 떴지만, 이어진 말에 안도의 한숨을 내쉬었다.

"하지만 어쩔 수가 없는 상황이긴 하지, 땅에 떨어진 무림맹의 사기를 어떻게 해서라도 끌어올려야 하니까. 오히려 본 군사가 염치불구하고 부탁하겠네. 하지만……."

그러면서 제갈현군은 모용준경의 손을 잡아줬다. 전해진 절박함에 모용준경의 눈빛이 깊어졌다. 이어진 제갈현군의 목소리가 전하는 참담함이 이유였다.

"…유령신마가 받아주겠나? 부끄러운 이야기지만, 이미 손도 안 대고 코를 풀 수 있는 상황이니 말이네."

"그럴 수밖에 없을 겁니다."

모용준경이 자신만만하게 미소 지었다.

"묘안이 있는가?"

"아뇨, 묘안이랄 것까진 없습니다. 유령신마가 제 입으로 한 말이었으니까요."

"뭐라 그랬는가?"

"저만은 반드시 자신의 손으로 죽이겠다고 했습니다."

"으음."

제갈현군도 유령신마의 집착이 대단함을 익히 들어 알고 있었다. 한 번 찍은 상대는 무슨 일이 있어도 놓치지 않는 이다. 거기다 약왕전주를 모용세가의 영역에서 보란 듯이 암살하고도, 안가까지 들이닥치는 저돌성까지 있었다.

충분히 그림이 그려진다.

"알겠네. 소신룡 뜻대로 하게나."

"감사합니다!"

힘차게 대답하는 모용준경을 심유한 눈빛으로 보던 제갈현군.

"하지만 약속해주게."

"네?"

"만에 하나 위험한 상황이 온다면 반드시 뒤도 안 돌아보고 빠지겠다고."

자존심 빼면 시체인 무인이라면 치욕스러워 할만한 명이었다. 거기다 드높은 세가의 장남이자, 무림에 새로이 등장한 신성인 초절정고수인 모용준경이었다. 그 이름값처럼 자존심도 엄청날 것인데.

"알겠습니다."

모용준경이 한 대답은 시원시원했다. 하지만 굳센 의지가 느껴지는 호목(虎目)이 말하는 바는 단 하나였다.

임전무퇴(臨戰無退).

제갈현군의 주름진 눈가에 슬쩍 물기가 배어났다.

등을 돌린 모용준경의 어깨에 짊어진 무게는 또래의 무인이 감당할 수 있는 게 아니었다. 한데도 거침없이 나가는 모습을 보자니 걱정이 되었다.

무명자들도 모용준경의 숭고한 결정에 무운을 빌어줬다.

하지만 그들을 들었을까?

성벽 밖으로 훌쩍 뛰어내린 모용준경이 나직하게 읊조린 말을.

"도망치는 건 제가 아니라 적일 겁니다."

정파 무림인들의 염원을 두 어깨에 짊어진 모용준경에게 유령신마와의 대장전은 만에 하나라는 가능성이 아니었다.

반드시 이겨야만 하는 싸움이다.

"그리고 형님이 오기 전까지 누구도 절 넘을 수 없을 겁니다."

모용준경의 눈빛에 비장한 각오가 서리기 시작했다.

형님의 형언할 수 없는 은혜, 그것이라면 가능하였다!

2

저벅저벅.

홀로 걸어오는 모용준경에 마교도들은 흉흉한 살기를
내비쳤다.

"……."

그들의 집중된 어마어마한 살기 앞에서도 모용준경은
조금도 위축되지 않았다. 담담한 눈빛도 굉장히 인상적이
었다.

마치 고요한 호수를 보는 것 같달까.

초무진의 눈동자에 이채가 흐를 정도였다.

"정파에 저런 인재가 숨어있을 줄은 몰랐군. 아니 그런
가? 천뇌각주."

"죄송합니다, 교주님. 이번에도 저희의 불찰입니다."

천뇌각주 마공표는 벌벌 떨었다. 천려일실도 용서해줄
까 말까인데, 벌써 두 번째 실수였다. 저런 인재에 대한 정
보를 놓친 것에 대한 질책이었다.

마공표를 보는 장로들의 눈빛이 험상궂어졌다. 무명자
들과 저 젊은 놈 때문에 장로 셋이 유명을 달리한 까닭이
다.

천뇌각주의 자리를 보전 못 함은 물론이거니와, 목까지
내놔야 할 판국이었다.

교주 초무진은 사납게 웃었다.

"됐다. 저 대단한 청년고수가 홀로 나선 이유나 말해
봐."

"송구합니다만, 대장전을 염두에 두고 나선 걸로 사료됩니다. 지금 무림맹은 전장의 사기를 고취하기에 혈안이 되어 있으니까요."

마공표가 자신의 짐작을 말하자, 장로 중 한 명이 한 발 나섰다.

"교주님."

"말하게."

"이 늙은이를 보내주십시오."

"자네가? 앞으로 나서는 걸 싫어하는 줄 알았는데."

"그렇긴 합니다만……."

유령신마는 냉막 어린 표정으로 전장 위에 선 모용준경을 노려봤다.

마침 유령신마를 보며 건방지게도 미소 짓고 있는 모용준경이었다.

저런 때려죽일 놈 같으니.

속으로 분을 삭인 유령신마는 교주에게 다시 청했다.

"…이 늙은이가 저 시건방진 놈을 모두가 보는 앞에서 찢어 죽이면! 무림맹의 사기는 바닥을 칠 겁니다."

"자신 있는가?"

초무진의 물음에 유령신마는 얼굴을 붉혔다.

"이 늙은이를 너무 무시하시는 거 아닙……!"

"본교의 장로 중 셋이 죽었네."

초무진의 눈빛에 서린 단호함을 읽은 유령신마는 입을 다물었다.

초무진은 손으로 턱을 쓸었다.

"비강시 두 기."

"그게 무슨 말씀이신지?"

느닷없는 말에 마공표가 불경스럽게 되물었음에도, 초무진은 책을 잡지 않았다.

"죽이려면 그 정도는 필요하다는 말이네."

"……!"

유령신마는 가라앉은 눈빛으로 모용준경을 다시 봤다. 자신도 비강시 두 기정도면 애를 먹었다. 모용준경의 실력은 자신과 우열을 가리기 어렵다는 소리다.

"교주님께서 보시기에 그 정도입니까?"

근육질의 노인이 한 발 나서며 물었다. 수석장로 광폭혈마였다. 그 정도는 되야 세 기 정도를 상대할 수 있었기에, 묻는 목소리엔 놀라움마저 배어 있었다.

교주 초무진은 메마른 미소를 지었다.

"어린놈이 제법이군."

더할 나위 없는 칭찬에 광폭혈마를 비롯한 장로들의 얼굴이 굳어졌다.

유령신마는 전면에 서서 도발적으로 자신을 보는 모용준경을 죽일 듯이 노려봤다. 아까까지는 어느 정도 얕보는 감정이 있었다면, 지금은 치미는 호승심을 억누를 길이 없었다.

호전적인 마도의 고수가 언제 호적수를 마다한 적이 있었던가.

"반드시 저놈의 목을 베어오겠습니다."

유령신마의 호언장담이었지만, 아까처럼 무시하는 느낌은 없었다.

교주 초무진도 그제야 고개를 끄덕여줬다.

"그래야 할 것이다."

파앙!

유령신마는 초무진의 말이 끝나기 무섭게 땅을 박찼다.

쏜살같이 날아오는 유령신마의 신형에 모용준경도 검을 뽑아들었다.

"오십 초 만에 네놈의 목을 잘라내 주마!"

"얼마든지!"

한마디씩 주고받은 둘이 기세를 끌어올리기 시작했다.

호각지세(互角之勢).

유령신마가 한 끗 정도는 앞선다고 여긴 초무진, 그들에게서 시선을 떼지 않고 광폭혈마에게 물었다.

"풍귀에게선 아직도 소식이 없나?"

"네."

답한 광폭혈마의 낯빛이 좋지 않았다.

이게 비강시 백기 중 오십 기를 후방에 따로 떼어내어 숨긴 연유였다. 은살곡의 힘을 빌린 풍귀가 아직까지 돌아오지 않고 있어서다.

어떠한 보고도 없다니.

풍귀의 성정을 생각한다면 있을 수가 없는 일이다. 즉, 풍귀가 흉수를 찾다가 되레 역공을 당했을지도 모른다는 것인데.

꾸욱.

주먹 쥔 초무진의 눈빛에 불꽃이 일렁였다.

"당했다고 봐야겠군."

"네, 흉수의 힘은 예상외인 것 같습니다. 동원됐던 은살곡의 살수들도 돌아오지 않았습니다."

광폭혈마의 보고에 검푸른 장삼을 입은 장로, 냉혈마안이 끼어들었다.

"그렇다고 더는 미룰 수 없습니다."

암암리에 음모를 꾸미는 흉수의 존재에 장로들의 낯빛을 어둡게 했지만, 다들 냉혈마안의 말에 동의하는 눈치였다.

현 상황은 기호지세(騎虎之勢)다.

달리 방안이 없었다. 뒤에서 칼을 겨누고 있는 적을 두고, 또 다른 적을 상대하는 기분은 생각 이상으로 더러웠다.

"흑도맹은?"

물론 초무진이 물은 흑도맹이 뒤에서 칼을 겨누는 적이
될 순 없었다.

비강시 오십 기와 철갑귀마대면 당장에라도 초토화할
수 있는 게 지금의 마교의 저력이니까.

"흑도맹의 보고가 털렸다고 합니다. 지키던 병력은 모
두 몰살당했고, 천라지망을 펼친데다 추혼대와 흑도맹주
사도명까지 직접 나섰지만… 결국, 허탕만 치고 천라지망
을 거두었다고 합니다."

천뇌각주 마공표의 보고에 장로들은 실소를 머금었다.

그에 반해 광폭혈마는 진지한 표정으로 초무진을 바라
봤다. 교주 초무진의 표정이 더할 나위 없이 심각해서다.

"혹 흉수와 연관이 있다고 보시는 겁니까?"

"……."

초무진은 답하지 않았지만, 무언의 긍정이었다.

마공표가 서둘러 부복했다.

"흑도맹의 세작에 연통을 넣어 숨어들었다는 놈들에 대
한 정보를……."

"이미 늦었다."

"쯧."

광폭혈마의 말에 초무진이 혀까지 찼다. 광폭혈마의 반
응이 마음에 들지 않아서가 아니었다.

"추혼대와 흑도맹주까지 직접 나섰는데 돌아갔다면, 이미 상대를 알고 있다는 소리겠군."

"네? 그게 무슨 말씀인지."

광폭혈마가 이해가 안 된다는 표정을 했지만, 초무진은 답해주지 않았다. 전면만을 주시할 뿐이었다.

"흑도맹과 사도명을 너무 무시하면 안 되지."

유령신마와 한 치의 밀림도 없이 격돌하는 모용준경을 보는 초무진의 눈빛이 깊어졌다.

"본교야 말할 것도 없고."

"하압!"

모용준경이 낭랑한 기합성과 함께 검을 휘둘렀다.

퍼엉!

유령신마의 탈명장이 사그라졌다. 한철도 우그러트리는 위력적인 장력을 이리 쉽게 해소시키다니.

"제길!"

유령신마는 애송이의 견고한 방어를 뚫을 길이 없자, 조바심이 치밀어올랐다. 방심하지 않은 상태에서 강공일변도로 나섰지만, 예상외로 애송이의 방어실력은 대단했다.

방어뿐만이 아니다.

틈틈이 뻗어내는 역습은 유령신마의 간담을 서늘하게 만들었다. 잘린 소맷자락이 그 증거였다. 조금이라도 반응이 늦었다면, 잘린 건 소맷자락이 아니었을 것이다. 그게 유령신마의 자존심을 건드렸다.

"네놈의 팔다리를 모조리 잘라내서 개밥으로 주마!"

"오십 초식은 벌써 지났으니, 팔다리로 방향을 바꾸겠다? 이번엔 몇 초식 안에?"

모용준경이 비아냥거렸다.

유령신마는 내심 부아가 치밀어올랐지만, 가까스로 억눌렀다. 방심보다 무서운 게 평정을 잃는 것이다. 상대의 실력은 이미 무시할 수준을 웃돌았다. 내력은 확실히 자신이 앞서는데도, 제압하기는커녕 승기조차 잡을 수 없다니.

구구구구!

유령신마가 내력을 끌어올리자 기세가 변했다.

모용준경도 지지 않고 내력을 끌어올렸다.

유령신마는 벌겋게 달아오른 쌍수를 들어 보이며 흉측하게 웃었다.

"사지를 잃은 네놈이 보는 앞에서 여동생을 범할 것이다. 그리고 사이좋게 목을 잘라내서 성문에 걸어주마."

"……"

모용준경은 눈에 보이는 격장지계에 답하지 않았다. 그저 고고한 자세로 검극으로 겨눌 뿐이다.

파앗!

유령신마가 땅을 박차자, 그의 신형이 홀연히 사라졌다.

유령보보(幽靈步步).

현재의 그를 있게 해준 대단한 보법답게 기묘하기 그지없었다.

모용준경도 순간 그의 신형을 놓쳤지만, 당황하지 않고 오른쪽을 향해 검을 내질렀다.

쇄애액!

어마어마한 열기를 담은 수강(手?)이 마침 옆구리 쪽을 찔러오는 중이다.

따아앙!

모용준경의 검강이 어렵지 않게 막았지만, 두어 걸음 밀릴 수밖에 없을 어마어마한 위력이 담겨있었다. 모용준경은 검병을 쌍수로 말아쥐고는 이어질 후속공격을 대비했다.

"핫!"

짤막한 일성과 함께 신형을 반전시킨 모용준경, 있는 힘을 다해 검을 내리그었다.

이번엔 뒤쪽이다.

따아앙!

모용준경은 막 자신의 뒷목을 찍으려는 수강을 가까스로 쳐냈다.

동에 번쩍, 서에 번쩍이란 말이 어울릴 정도로 유령신마의 보법은 일절이라 불릴 만했다.

모용준경도 고도의 집중력을 발휘해서야 유령신마의 희끗희끗한 신형을 겨우 쫓을 수 있었다.

쉬쉬쉬쉬쉬쉬쉭!

유령신마의 폭풍 같은 공격이 사방팔방에서 쏟아졌다.

까가가가가강!

모용준경은 젖먹던 힘을 다해 검을 휘둘러 쳐냈지만, 마지막 한 수는 막지 못했다. 모용준경은 당황하지 않고, 털썩 주저앉았다.

스아악!

머리 위로 스쳐 지나가는 수강.

하지만 먹이를 노리고 활강하는 매처럼! 수강의 경로가 유려하게 꺾였다. 모용준경의 정수리를 노리는 것이다.

파바바박.

급작스레 진로를 바꾼 수강에 모용준경은 바닥을 굴렀다. 무인이 가장 치욕스럽게 여긴다는 나려타곤이었다.

유령신마는 기세를 몰아 뽑아낸 수강으로 모용준경을 계속해서 공격했다.

"흐아아압!"

콰콰콰쾅!

수강에 닿은 지면이 폭발하듯이 터져 나갔다.

비산하는 흙덩이 사이로 유령신마의 눈빛이 싸늘하게 빛났다.

"잡았다, 요놈!"

유령보를 밟은 유령신마의 신형이 구르기 바쁜 모용준경의 앞에 나타나자, 제갈현군이 벌떡 일어섰다.

"안 돼!"

모용준경이 절체절명의 위기에 빠진 것이다.

지켜보던 무명자들이 모용준경을 구해내려고, 땅을 박찼지만.

쐐애애액!

유령신마가 수강을 내리찍는 게 더 빨랐다.

목표는 모용준경의 머리였다. 수박처럼 터져서 박살이 나는 끔찍한 광경이 눈에 선했다.

이대로라면 모용준경은 꼼짝없이 목 없는 시체가 된다.

서로의 손을 꼭 잡은 모용설화와 서문평.

구르던 모용준경의 시선 끝에 모용설화와 서문평, 그리고 유령신마의 피처럼 시뻘건 수강이 잡혔다. 이대로라면 자신의 목숨은 끝장이다.

세상의 모든 시간이 멈춘 듯한 그 찰나지간!

모용준경의 눈빛이 번쩍였다.

우르르, 쾅!

천둥이 몰아치는 듯하더니 폭발했다.

"아, 아닛!"

애꿎은 땅만 때린 유령신마가 저도 모르게 당황 성을 내고 말았다.

여태껏 구르고 있던 모용준경의 모습을 순간 놓쳐버린 것이다.

3

모든 사물이 정지한 것 같은 세상.

그 속에서 유일하게 움직이는 한 사람, 모용준경이 엎드린 자세 그대로 땅을 박찼다.

그리고 폭발할 듯이 뛰쳐나가는 신형에 기함할 정도로 놀랐다. 펼친 건 자신이었는데도 말이다. 그래서 하마터면 수강에 머리가 박살이 날 뻔했다.

모용준경은 가까스로 고개를 틀어 유령신마의 수강을 피했다. 한 치의 차이로 피한 터라 뺨이 후끈거렸다.

우르릉, 쾅—!

하늘 위로 벼락이 되어 쏘아진 그가 슬쩍 밑을 내려다봤다.

당황한 유령신마가 모용준경을 찾고 있었다. 완전히 종

적을 놓친 것이다.

언제나 형님은 이런 광경을 봐온 걸까.

천하를 발아래 둔 듯한 착각, 확실한 건 기분이 매우 좋다는 것이다.

"……."

"……."

일순 모용준경과 교주 초무진은 눈을 마주쳤다. 유일하게 이 자리에서 모용준경의 신형을 쫓은 이다.

입가에 띤 희미한 미소와 불처럼 이글거리는 초무진의 눈빛은 과연이었다.

모용준경은 주먹을 꽉 쥐었다. 긴장이 절로 됐지만, 이것 또한 기분 좋은 긴장감이다.

꾹.

검병을 재차 움켜쥔 모용준경이 한 모금의 진기를 들이마시는 순간!

우르르, 쾅!

벼락 줄기가 유령신마를 향해 그대로 내리쳐졌다.

초무진의 전음으로 경고를 받은 유령신마가 경악할 새도 없었다.

미친 듯이 수강이 인 손을 휘저어보지만.

태산 같은 기세를 내뿜는 장영(掌影)보다 내리꽂힌 찬란한 검강(劍?)이 먼저였다.

콰아아아앙!

격렬한 폭발과 함께 누군가 튕겨져나갔다.

폭발력을 이용한 유령신마가 기민하게 제 한 몸을 빼낸 것이다. 패퇴하는 제 모습에 입술을 피가 나도록 깨물었지만, 지금은 물러서야 할 때다.

하지만 상대가 이를 허락하지 않았다.

모용준경은 절반 이상이 사라진 내력에도, 주저 없이 남은 내력을 쥐어짜 냈다.

우르르, 쾅!

그리고 독고월이 무리와 함께 전수해준 이 섬전행이라면!

경악한 표정을 지은 유령신마를 쫓게 해주고도 남았다.

슥, 스악!

더할 나위 없이 날카로운 날갯짓과 함께 말이다.

이번엔 경고고 자시고 할 게 없었다.

초무진은 눈매를 일그러트렸고, 장로들은 탄식했다.

"와아아아!"

무림맹에선 환호성이 터져 나왔다.

섬전행에 관통당한 유령신마가 비칠거리며 물러났다.

"크으으."

"……."

유령신마를 지나친 모용준경은 고요한 신색으로 검을 휘둘렀다. 베어내기 위함이 아니었다.

후둑.

검에 묻은 피가 바닥을 수놓았다.

"혀, 형님."

지켜보던 서문평이 모용준경의 모습과 독고월의 모습이 일치하자 중얼거린 한 마디였다.

모용준경이 가볍게 지풍 두 줄기를 날렸다.

퍽, 퍽.

지풍으로 두 팔이 잘린 유령신마의 혈도를 때려 지혈해 준 것이다.

유령신마는 땅에 떨어진 두 팔을 보며 믿을 수 없어 했다. 거기다 목숨까지 상대에게 구함을 받다니, 이루 말할 수 없는 치욕에 신형이 사시나무처럼 떨려왔다.

"이, 이노옴."

유령신마는 하얗게 센 머리로 눈앞의 젊은 청년, 모용준경을 바라봤다. 목숨을 구해준 것에 대한 고마움이 아닌 증오가 담겨 있었다.

물론 모용준경도 넘치는 자비심을 발휘해 살려준 게 아니다.

유령신마에게 치욕을 주는 동시에, 정파의 기치를 누구보다 드높여 사기를 고취하기 위함이었다.

지금 이 자리에서 유령신마의 목을 잘라내는 건 쉽다. 하지만 지금 이 전장을 서로 죽고 죽이는 아비규환의 복마전이 되게 해서는 안 됐다. 그건 독고월이 원하는 바가 아니었다.

"데려가시오."

그랬기에 전면에서 살기를 내뿜는 마교도를 향해 당당히 외칠 수 있었다.

"복수를 원한다면 얼마든지 받아주겠소!"

패기 넘치는 외침과 함께 멋들어진 기수식을 취했다.

이 얼마나 당당한가.

"우아아아!"

무림맹 쪽에서 열렬한 환호가 터져 나오는 건 당연했다.

짝짝!

독고월 집착자인 서문평마저 손뼉치며 모용준경의 이름을 연호했다.

썩어 문드러진 얼굴빛을 한 유령신마가 고개를 떨어트렸다.

혀를 빼어 물어 자진하려고 했지만, 냉혈마안이 한발 빨랐다.

퍽.

가볍게 유령신마의 수혈을 짚고는 모용준경을 쏘아봤다.

162

"살려줘서 고맙다는 말은 않겠다. 하지만 모욕에 대한 대가는 치르게 해주지."

냉혈마안은 그리 말하고는 혼절한 유령신마를 둘러업고 떠났다.

아무리 잔악한 마교도라 불리는 그들이어도, 동료인 유령신마를 죽게 놔둘 순 없었다. 두 팔을 잃어도 두 다리는 남았다. 절치부심으로 노력하면 각법의 고수가 되는 경우도 종종 있었다.

살아만 있다면 복수를 꿈꿀 수는 있으니까.

모용준경은 쓸데없는 대꾸로 자극하지 않았다. 선 채로 텅텅 빈 단전에 내력을 채우는 데 여념이 없었다.

굉장히 위험한 상황이지만, 탈태환골을 한 모용준경은 거칠 것이 없었다. 단전에서 끊임없이 샘솟는 내력이 계속해서 혈맥을 따라 돌고 있었다.

최상의 상태는 아니더라도, 최적의 상태는 가능할 정도로 회복이 빨랐다.

"대담하군."

초무진은 모용준경이 선 채로 운기행공 한다는 걸 눈치챘다.

장로들도 초무진의 말에 동의하는지 어리다고 경시하지 않았다.

마교도 중 하나가 이대로 암기를 날리기만 해도, 모용준경을 주화입마에 빠트리는 건 물론, 큰 곤란에 빠지게 할 수도 있었다.

모용준경도 이 점을 아주 잘 알았다.

한데도 마교도들 아니, 초무진과 장로들을 마주한 채 운기행공을 한다.

상식을 벗어난 담대함이다. 그리고 그것이 초무진의 흥미를 끌었다.

"본좌가 나서지."

"……!"

"……!"

느긋한 그 말이 미친 파장은 엄청났다.

"우아아아!"

"영원불멸, 신교천하!"

"영원불멸, 신교천하!"

마교도들은 병장기를 들어 연신 외쳐댔다.

교주 초무진이 느긋한 걸음으로 모용준경을 향해 걸어가고 있었다. 광폭혈마를 비롯한 장로들이 끼어들 새도 없었고, 제갈현군을 비롯한 무명자들이 헐레벌떡 내려올 새도 없었다.

"하아압!"

운기행공을 마친 모용준경이 기다렸다는 듯이 교주 초무진을 향해 몸을 날린 까닭이다.

신검합일이 되어 날아온 모용준경의 의지를 본 교주 초무진이 짤막하게 외쳤다.

"잠시 놀아주마."

第 6 章

第 6 章.

1

꽈드득!

속속들이 도착하는 정황을 듣던 야주 담천이 태사의의
팔걸이를 움켜쥐었다.

스르르.

팔걸이는 박살나다 못해 그대로 먼짓가루가 되었다.

남은 칠야 아니, 이제는 육야라고 불러야 했다. 그들은
하나같이 썩은 간을 씹은 표정으로 고개를 숙였다.

천신만고 끝에 도착한 광야는 야주 담천의 손에 명을 달
리했으니까.

그래도 보고는 모두 듣고 쓸모가 없어진 목숨을 거둔 담
천이었다.

"전장은 고착상태, 은야는 행방불명."

"……."

"그리고 놈은 살아있다?"

야주 담천은 넋 나간 사람처럼 중얼거리고는 파안대소를 터트렸다.

드드드.

쩌렁쩌렁한 웃음소리에 이 거대한 전각이 흔들릴 정도로 어마어마했다.

털썩, 털썩!

육야는 서둘러 부복하였다. 하나같이 야주 담천의 감당키 어려운 기세에 하얗게 질린 얼굴들이었다. 덜덜 떠는 그들은 이미 야주가 내뿜는 분노에 잠식되어 이러지도 저러지도 못했다.

기혈이 뒤엉키고 울혈이 치밀어올랐지만, 감히 진정하시라는 말은 입 밖으로도 꺼내지 못했다.

그리 아끼던 광야마저 일장에 쳐죽인 야주 담천은 인세에 다시 없을 마귀가 되었다. 두 눈동자는 시뻘건 피를 머금었고, 일그러진 흉소에서 뚝뚝 흘러나오는 광기는 예전의 모습을 도저히 찾아보기 어려웠다.

여유가 사라진 야주 담천의 얼굴은 꿈에라도 나올까 봐 두려워할 지경이었다.

"곧 찾아온다고? 시건방진 놈, 그럼 본좌가 맞이할 준비를 해줘야지. 마음에 들 선물과 함께."

클클대며 비소를 흘린 담천이 부복해있는 육야를 향해
시선을 줬다.

"독야를 제외한 나머진 지금 이 순간."

"네."

섬야가 고개를 슬쩍 들었지만, 감히 눈을 마주칠 새라
담천의 발치만 바라봤다.

그들의 귓속을 파다 못해 가슴속까지 후벼 파는 목소리
가 이어졌다.

"남궁세가를 아예 지워버려라. 식솔들은 물론이거니와
개미 새끼 한 마리도 숨이 붙어있어서는 안 될 것이다."

"조, 존명!"

감히 그들은 항명하지 못했다. 계획은 이미 어그러진 상
황이었다.

이미 야주 담천의 머릿속에 대계따윈 사라진지 오래였
다.

담천은 살벌한 눈빛으로 독야를 향해 따로 전음을 보냈
다.

―독야, 네가 할 일은…….

"……!"

독야의 표정이 점점 어두워졌다. 자신으로 인해 벌어질
사달은 상상만 해도 끔찍한 것이었다.

인세에 다시 없을 지옥이리라.

참담한 표정을 숨긴 독야를 일별한 담천이 몸을 일으켰다.

타아아앙!

태사의가 순식간에 대전의 벽을 향해 날아갔다. 와지끈— 소리와 함께 형체도 알아보기 어려울 정도로 박살 났다.

기세만으로 태사의를 날려버린 담천.

"가거라."

그걸 신호로 독야를 제외한 다섯은 자취를 감췄다.

초절정고수 다섯이라면 이 강호에서 남궁세가를 지우고도 남았다. 그것도 아주 은밀하고도 잔혹하게.

"놈에게 아주 멋진 생환선물을 안겨줘야겠지."

"뜨, 뜻하신 대로 이룰 것입니다."

독야가 떠듬거리며 한 말에 담천은 만족스러운 미소를 지었다.

"계획을 앞당겨야겠다. 잠시 황궁에 다녀올 동안, 만반의 준비를 해놓도록."

"조, 존명."

누구 말이라고 거절할까.

독야는 얼른 답하고는 서둘러 몸을 일으켰다.

이미 야주 담천은 사라져 있었다.

독야는 그가 있던 자리를 바라보면서 고개를 가로저었
다.

담천이 계획한 일이 시행된다면, 이 강호는 사라지게 될
것이다.

독야는 절뚝거리는 걸음으로 제 처소로 돌아갔다. 담천
이 돌아오기까지 적어도 사흘은 걸릴 일이다. 지금부터 준
비해야 일정에 겨우 맞출 수 있을 성 싶었다. 한 많은 목숨
줄을 부지하려면 서둘러야 했다.

탁.

문이 닫히자 독야마저 사라진 대전 안엔 적막한 침묵만
이 감돌았다.

잠시 뒤.

늘씬한 인영이 한쪽 구석에서 모습을 드러냈다.

바로 은야였다.

복잡한 표정을 지은 그녀는 천리지청술(千里地聽術)로
이 모든 상황을 알게 됐다. 독고월에게 전할지 말지 고민
이 되는지 아미는 잔뜩 찌푸려지다 못해 일그러졌다.

독야를 좇아가서 죽여야 할까? 아니야, 그럴 순 없다.
동료였지 않은가. 대체 어떻게 해야 하지?

갈피를 못 잡고 이곳에 돌아오긴 했지만, 특급살수로 키
워져 온 그녀에게 정붙일 만한 이유 따윈 없었다.

그저 시키는 대로 살아만 왔으니까.

야주 담천.

심복인 광야마저 처참하게 쳐 죽인 그에게서 수하를 아끼는 마음 따윈 없어 보였다. 어쩌면 광야의 처참한 죽음이 자신들에게 예비 된 운명이 아닐까 싶은 그녀의 표정은 좋지 않았다.

고민은 길지 않았다.

광야의 시체를 목도한 지금 이 순간.

마음은 정해졌다.

스스슥.

은야는 은신술을 펼쳐 자취를 감췄다. 옛 동료인 독야를 죽이기 위해서가 아니었다. 자신이 있어야 할 곳으로 돌아가기 위함이다.

곧 대전 안은 괴괴한 침묵만이 감돌았다.

한데 놀랍게도.

"흐흐."

쇠를 긁는 듯한 웃음소리가 들려왔다.

이럴 수가!

나간 줄 알았던 야주 담천이 모습을 드러냈다. 그는 흉측한 표정으로 푸들거리며 웃었다.

"설마 했는데, 숨어있던 쥐새끼가 은야일 줄이야."

그랬다.

야주 담천은 아무리 먼 거리에 있어도 은야의 자취를 느

낄 정도로 절대고수였다. 자신은 물론, 육야 모두를 보내
대전을 비운 이유도 여기에 있었다.

쥐새끼가 누군지, 또 변절자인지 아닌지 확인하기 위해
서 말이다.

만약 독야에서 암수를 썼다면 은야는 그 자리에서 담천
에 의해 죽었을 것이다. 동료를 죽이지 않은 것이 제 목숨
을 구하게 됐지만, 변절자라는 사실엔 변함이 없다.

"크크큭."

야주 담천은 손으로 얼굴을 가리더니, 이내 앙천광소를
터트렸다.

강호를 뒤덮은 암운은 여전히 사라지지 않았다.

2

삭풍이 살을 에듯 차가운 날이다.

눈발이 언제 휘날려도 이상할 게 없을 정도로 하늘은 어
둑어둑했다.

독고월은 철궤 안의 내용물을 보다가, 다가오는 인영에
품속으로 갈무리했다. 아직까진 알려져서 좋을 게 없는 물
건이었다.

설령 그게 가해월이라고 해도.

"배고파."

가해월은 오자마저 어딘가 들려서 밥 먹자고 칭얼댔다.

독고월은 뒤도 안 돌아보고 말했다.

"가서 먹고 와."

"혼자 먹기 싫단 말이야."

"은야는?"

"돌아갔지, 뭐."

"......"

독고월은 고개를 미미하게 끄덕였다. 그리고는 초난희
의 상태를 물었다.

"아직도 의식불명인가?"

"응, 본녀가 아무리 기를 쓰고 깨우려 해도 도통 깨어나
질 않네."

"귀령수가 부족해서 그런가?"

"아니야, 혼백은 확실히 안착했어. 문제는 다른 곳에 있
어서 그렇지."

"무슨 문제?"

독고월이 신형을 돌렸다.

어려지고 예뻐진 가해월의 슬픈 미소가 보였다.

요 근래 그녀의 외모는 더욱 빛을 발하고 있었다. 전신
세맥에 잠들어있던 사야의 내공 반 이상을 흡수한 덕분이
었다. 내공이 비약적으로 늘어나니 익힌 주안술도 득을 봤
다. 이제는 묘령의 처녀라고 해도 믿을 정도였다.

가해월이 생각보다 빨리 사야의 내공을 흡수할 수 있었던 건, 노력과 의지가 대단해서다. 사랑의 힘이라고 해도 과언이 아닐 정도로, 흑도맹에 다녀온 뒤부터 가해월은 내공흡수에 박차를 가했다.

불철주야 노력한 덕분에 탈태환골이라도 한 것처럼 아름다워졌지만, 지금 그녀의 화용엔 서글픔만이 그득하였다.

"제자 년이 원하질 않는 거지."

"……."

독고월은 의외의 대답에 말문을 잃었다.

"천안통으로 살폈을 땐 문제 될 건 없었어. 가사상태에 빠져 육신 상태가 엉망인 것도 차차 시간을 들이면 차도를 보일 거고, 귀령수도 부족하지 않아. 무엇보다 단전에서 내공이 생성되고 있다는 것만 봐도 급속도로 호조를 보이고 있다는 증거고."

"정신적인 문제라는 거군."

"그래, 상공 놈과 달리 제자년은 거부하고 있거든."

"뭔가 짐작 가는 이유라도 있나?"

"글쎄."

가해월은 모호한 대답을 남겼다.

그녀의 천안통으로 알 수 없다면, 독고월이 백날 노력해봐야 소용없을 것이다.

"어쩔 수 없군."

독고월은 가볍게 한숨을 내쉬었다. 초난희의 혼백을 되찾아 오는 데 성공했지만, 깨어나는 걸 본인이 원치 않으니 답이 없었다.

가해월이 독고월을 향해 슬며시 다가왔다.

"것보다 은야, 고 계집애는 어쩔 거야?"

"뭘 어째?"

"배신했다면, 이곳의 위치를 들킨 거잖아. 장소를 옮겨야 하지 않겠어? 아니면 도로 잡아와 족치던지 해야할 거 아니야?"

"글쎄."

눈에 보이는 감정 섞인 제안에 독고월은 모호한 대답만 했다.

가해월이 눈꼬리를 살짝 치켜세웠지만, 별다른 말을 덧붙이지 않았다.

오히려 독고월은 담담했다.

"배신했든 안 했든, 이미 이곳의 위치는 들켰다고 봐야겠지."

"어째서 그리 자신해?"

"살아 돌아왔거든."

"뭐?"

가해월이 화들짝 놀랐다.

아니나 다를까.

그들과 머지않은 위치에서 은야가 모습을 드러냈다. 안색이 창백해진 채.

"남궁세가가 위험해요. 죽은 광야와 비전투원인 독야를 제외하고 남은 초절정고수 다섯이 남궁세가의 씨를 말리기 위해서 떠났어요!"

"……."

"……."

그 말에 가해월과 독고월은 서로 마주 봤다.

독고월이 성큼 걸음으로 이동했다.

은야의 봉목이 살짝 커졌다. 독고월이 자신을 향해 다가와서였다.

설마 자신이 자리를 비운 것 때문에 살수를 가하려는 걸까?

은야는 경계 어린 눈초리로 독고월을 바라봤다.

독고월이 나직하게 읊조렸다.

"그리 경계할 거면 돌아오지 말았어야지."

질책 어린 말에 은야는 옥용을 붉혔다.

"미, 미안해요."

가해월이 눈에 쌍심지를 켜고 노려봤지만, 은야의 눈엔 독고월만이 들어와 있었다.

"됐고. 가만히 있어봐."

척.

독고월의 손이 은야의 정수리에 대어졌다.

설마 쓰담 쓰담 하려는 건가 싶어, 은야는 목까지 새빨개졌고, 가해월은 몸을 날려 독고월의 그 자발 맞은 손을 낚아채려고 했다.

스릉!

은야는 기다렸다는 듯이 허리춤의 연검을 빼어내 빳빳이 세웠다.

가해월의 허연 목, 한 치 앞에 멈춘 연검.

"가만히 있어요. 안 그럼 그 허연 두부 같은 목이 잘리게 될 테니."

"이년이 이거 안 치워? 또 천일야합술에 당해보고 싶어?"

"……!"

순간 할 말을 찾지 못한 은야는 고개를 푹 숙였다.

가해월이 가당치도 않다는 듯이

"어머, 어머! 이런 어마어마한 쌍년을 봤나? 싫다고는 안 하네!"

"아, 아냐."

은야가 항변해보지만, 목소리에 힘이 없었다.

가해월은 입술을 깨물었다. 제자년만으로 벅찬데, 이런 생각지도 못한 복병이라니!

그게 어떤 연유에서 기인한 건지 누구보다 잘 아는 가해월이었다.

천일야합술.

이게 문제였다.

"짜증 나!"

가해월이 바락바락 소리 지르며 발을 동동 구를 때.

은야의 정수리에 대어져 있던 독고월의 손이 떼어졌다. 잔뜩 가라앉은 목소리가 그녀들의 귓전을 두들겼다.

"역시 고독이 심어져 있지."

"뭐, 뭐라구요?"

"……!"

은야도 몰랐는지 펄쩍 뛰었고, 가해월은 두 눈을 희번덕거리며 은야를 살폈다. 백안이 된 것이다.

천안통으로 샅샅이 살피던 가해월이 다짜고짜 따귀를 날렸다. 독고월의 말대로였다.

탁!

물론 따귀는 때려보지도 못했다.

그녀보다 고수인 은야가 손목을 낚아챈 덕분이었다.

"이게 무슨 짓이에요!"

"이년이 빠르기도 하지."

기회를 틈타 한 대 쳐보려던 가해월이 아깝다는 듯이 혀를 찼다.

독고월은 쓴웃음을 지었다.

"지금 놀 때가 아니야."

"네? 그게 무슨……!"

은야가 무슨 말을 하느냐는 듯이 되물었다가 사색이 되었다. 그녀의 기감에도 잡힌 것이다.

독고월의 눈빛이 살짝 달라졌다.

"포위된 것 같군."

3

스멀스멀.

진득한 느낌을 주는 그림자들이 사방에서 올라왔다.

하나같이 사악한 느낌을 주는 그것들은 짙은 어둠으로 똘똘 뭉친 것처럼 보였다. 팔다리는 있었지만, 얼굴은 헝겊으로 돌돌 싸매서 보이질 않았다.

숫자는 어림짐작으로 기백.

그들의 정체를 확인한 은야가 경악 어린 일성을 내질렀다.

"불사귀(不死鬼)!"

그 새 된 목소리에서 느껴지는 당혹감이라니.

은야가 치를 떨었다.

"하나하나가 절정고수를 상대할 수 있을 정도로 강하

고, 굉장히 끈질긴 놈들이에요. 지치지도 않는데다, 죽기 직전엔 동귀어진까지 서슴지 않는 굉장히 골치 아픈 놈들이죠! 마교의 비강시 정도는 아니라도 이 정도 숫자라면, 그 이상이라고 봐야 해요."

은야가 낭창낭창한 연검을 겨누며 한 설명에 가해월은 독고월의 옆에서 속삭였다.

"길을 내줘."

"⋯⋯."

독고월은 가해월이 어째서 부탁하는지 알았다. 초난희가 걱정되는 것이다. 그랬기에 독고월은 조금도 지체하지 않았다.

스아아악!

휘둘린 월광도, 육도낙월 제일도 삭월이 빛살보다 빠르게 떨어져 내렸다.

너무나도 기습적인 삭월의 도강에 불사귀들은 몸을 날려 피할 새도 없었다. 그대로 떨어져 내리는 도강을 온몸으로 받아내야만 했다.

콰콰콰콰쾅!

땅거죽이 폭발하듯이 일어났다. 먼지가 사방으로 흩날렸다.

휙!

가해월이 한 마리의 비조(飛鳥)가 되어 쏘아졌다.

슈슈슈슈슛!

잠시 은야가 당황해 했지만, 독고월이 연신 쏟아내는 육도낙월의 도강에 정신을 차렸다.

"캬아아!"

그 틈을 타 은야의 앞으로 날아와 괴성을 지르는 놈도 있었다.

스악!

"어딜!"

은야가 본인의 무위를 뽐내듯이 연검을 휘둘러 놈의 상체를 잘라냈다. 하지만 불사귀는 멈추지 않았다. 양팔로 땅을 짚으며 미친 듯이 다가왔다. 그 속도가 경공술이 무색할 정도로 빨랐다.

"흥!"

다른 사람이라면 당황하겠지만, 이미 상대를 해본 적 있는데다 압도적인 무위를 지닌 은야다.

샤샤샤샤샥!

찰나지간에 할퀴고 간 다섯 번의 칼질.

후두둑!

불사귀는 달려들던 속도 그대로 잘 다져진 고깃덩어리가 되어 날아갔다.

은야는 그걸 가볍게 피해내며 독고월 쪽을 바라봤다.

스아아악!

독고월은 불사귀 하나를 가볍게 일도양단하며 말했다.

"알아서 잘 피해."

"네, 네?"

은야가 당황해 했다. 불사귀들이 미친 듯이 달려드는 마당에 무슨 소리를 하는 건지 잘 몰랐다.

설마 혼자 도망치려고?

파앙!

생각이 끝나기 무섭게 독고월의 신형이 쏘아졌다.

은야는 낭패한 표정을 지었다. 설마 네가 적을 끌고 왔으니 네 손으로 해결하라고 할 줄은 몰랐다. 당연히 그래야 함이 마땅하지만, 자신 혼자 남겨두고 갈 줄은 몰랐다. 야속한 마음에 눈물이 찔끔 나올 뻔했지만.

"캬아아아!"

미친 듯이 달려드는 불사귀에 그럴 틈이 없었다.

샤아아악!

은야는 연검을 채찍처럼 휘둘러 달려들던 불사귀의 목을 일제히 쳐냈다.

투두두두둑!

다섯이나 걸려들어 목을 베어냈지만, 은야의 손속은 멈추지 않았다.

슈슈슈슈슉!

목을 잃었는데도 불구하고, 불사귀들이 동귀어진의 수

185

를 펼쳐댔다. 하나같이 절정의 위력이 담겨 있어 허투루 대할 순 없었다.

"하아압!"

은야는 춤을 추듯 신형을 회전시켰다.

짜자자자작!

연검으로 일으킨 검강이 목 잃은 불사귀들의 공격은 물론, 육신까지 갈라냈다.

"에잇!"

은야는 서둘러 보법을 밟았다. 버림받은 현실에 눈물이 앞을 가려도 일단은 불사귀들의 맹공을 버텨내야 했다. 이제 겨우 열이 넘는 숫자를 해치웠을 뿐이다.

불사귀는 여전히 많았다.

도망을 가고 싶지만, 고독이 심어져 있다는 소리를 들은 그녀다. 자신에게 남은 건 배신자를 향한 지독하다 못해 가혹한 흑야의 추격일 터.

어쩌면 이곳에 뼈를 묻게 될지도 몰랐다.

아무리 그녀가 초절정고수라도 기백 가까이 되는 불사귀를 홀로 상대할 순 없었다. 은신도 여의치 않았다. 고독보다도 불사귀의 특이성 때문이었다.

불사귀는 눈이 없다.

후각, 청각, 기감이 비이상적으로 발달했기에 은야에겐 그야말로 천적이나 다름없었다. 특급살수인 그녀조차도

이 많은 불사귀를 상대로 도망치는 건 꿈도 못 꿨다. 고독 때문에 경공술로 따돌리는 것도 여의치 않았다.

한 마디로 절체절명의 위기.

"캬악!"

촤르르륵!

멧돼지처럼 돌격해오는 불사귀를 연검이 채찍처럼 휘감았다.

핑그르르!

은야는 감았던 연검을 팽이 돌리듯이 풀어냈다.

"크아……!"

달려들었던 불사귀가 고개를 갸웃거리고, 도로 달려들려는 순간!

가로로 토막토막 났다. 연검에 맺힌 검강이 그리 만든 것이다.

후두둑!

불사귀의 육신이 허물어지건 말건 은야는 이미 다음 상대를 맞이하느라 정신이 없었다.

쉬쉬쉬쉬쉬쉭!

미친 듯이 연검을 채찍처럼 휘둘러 거리를 확보하는 데 정신이 없었다.

일각이 여삼추였다.

끝은 그처럼 보이지도 않았다.

"이얏!"

기합성을 내지르며 불사귀 하나를 끝장낸 그녀의 고운 얼굴이 일그러졌다. 감정이 흐트러지니, 내력수발이 자연스럽지 못했다. 버림받았다는 사실 하나에 평정을 잃고 헤매는 제 모습이 그렇게 비참할 수가 없었다.

"캬아아아!"

불사귀들이 오직 그녀 하나만을 보고 달려들었다.

그녀는 그게 아주 담천이 보낸 전언 같았다.

마치 이제 넌 필요 없다는 듯이.

불사귀들이 은야를 향해 일제히 달려들었다.

"흐윽……!"

이를 악물고 눈물을 참아내던 은야의 눈빛이 달라졌다. 고개를 들어 위를 바라보는 순간 경악했다.

콰콰콰콰콰—

도저히 가늠키 어려운 어마어마한 위력의 도강들이 저 하늘 위에서 쏟아지고 있었다.

파앙!

멍하고 있을 시간도 없이 은야는 땅을 박찼다. 빛살처럼 쏟아진 그녀의 신형에 불사귀들이 괴성을 지르며 쫓아가려고 했지만.

이미 늦었다.

폭우처럼 쏟아지는 도강들이 이미 불사귀들의 몸 아니,

서 있던 대지를 향해 떨어져 내리고 있었다.

"캬아아악!"

"크아아아!"

불사귀의 괴성들을 끝으로.

콰콰콰콰콰콰쾅—

진천뢰 수십 발을 일제히 터트린 것 같은 폭음이 천지를 뒤흔들었다.

흩날리는 흙먼지 속에 형체를 알 수 없는 육편들이 사방으로 튀어 나갔다.

간발의 차로 공격범위에서 벗어난 은야의 봉목이 두려움으로 물들 정도였다.

第 7 章.

第 7 章.

1

육도낙월, 제삼도 망월의 위력은 명불허전이었다.

후폭풍이 휘몰아친 이곳은 천지개벽이라도 일어난 것처럼, 원래의 풍경을 알아보기 어려울 정도다.

사력을 다해 경공술을 펼쳐 범위를 벗어났던 은야와 자신을 죽이려고 쫓아오던 불사귀들마저도 잠시 넋을 놓을 정도였다.

살아남은 불사귀 넷.

촤촤촤촤악!

그마저도 뒤늦게 정신 차린 은야의 맹공에 의해 오체분시가 되었다. 제법 반항을 한다고 했지만, 숫자와 저돌성에 밀렸을 뿐.

명색이 초절정고수였다. 틈이 많은 불사귀 넷쯤은 우스웠다.

"캬아……."

마지막으로 남은 불사귀의 단말마를 끝으로, 모조리 차디찬 대지 위에 피와 살점을 흩뿌렸다.

불사귀라는 이름이 무색해진 일방적인 몰살에 은야는 오금이 저렸다. 그녀만큼 기백이 넘는 불사귀들의 위력을 누구보다 잘 아는 이는 없었다.

야주 담천의 지원과 사야의 주도 아래 만들어진 불사귀라면, 어지간한 대문파는 한 시진 만에 찜쪄먹는다. 초절정 고수가 있다 해도 마찬가지였다.

일거에 쓸어버리기에 불사귀처럼 저돌적이고, 잔혹하고 강인한 병력은 없었다.

그런데.

살아남은 불사귀 아니, 형체를 온전히 유지하고 있는 불사귀는 보이지 않았다. 이유 모를 원인으로 강가의 물고기가 떼죽음을 당하듯이, 불사귀들은 단 한 번의 공격에 휩쓸려나갔다.

"이럴 수가."

초절정고수이자, 불사귀들의 가치를 누구보다 잘 알고 있는 은야가 낸 당혹 어린 신음성만 봐도, 얼마나 비현실적인 광경인지 알만하다.

194

만약 죽은 사야가 봤다면, 제 머리를 쥐어뜯다 못해 혀를 깨물었을 것이다.

탁.

홀연히 나타난 독고월이 땅에 발을 디디고 있었다.

때마침 불어온 바람이 그의 긴 머리칼을 살짝 흩트렸다.

독고월이 자신을 바라보자, 은야의 얼굴이 잘 익은 홍시처럼 새빨개졌다. 가슴은 미친 듯이 두방망이질 쳐댔다. 그걸 감추기 위해 은야가 맥없이 투덜댔다.

"위, 위험했어요."

"명색이 고수인데, 그 정도도 못 피하면 나가 죽어야지."

그림 같은 외모와 상반된 밉살맞은 소리였지만, 은야는 아무래도 좋았다. 그냥 그만 계속해서 바라보고 싶었으나, 독고월의 고개는 다른 쪽으로 돌아갔다.

슬쩍 보인 그의 시리도록 차가운 눈빛.

은야마저 몸서리쳐질 정도였다.

독고월이 조소를 흘렸다.

"성동격서, 뭐 나쁘진 않지."

팡!

독고월은 말이 끝나기 무섭게 진각을 밟았다. 순식간에 공간을 격한 것처럼 사라진 그의 신형이었다.

"같이 가요!"

뒤이어 신형을 날린 은야였지만, 눈으로도 좇을 수 없을 정도로 독고월이 이룩한 경공술은 대단했다. 이미 점이 되어 사라진 독고월에 은야는 아연실색하였다.

"…말도 안 돼."

야주 담천만큼 대단한 신위였다.

한데 그녀는 알까? 지금 독고월은 섬전행을 펼친 게 아니라는 걸.

휘릭.

목적지에 도착한 독고월을 맞이한 건 폐허가 된 화전민촌이었다.

지진이라도 들이닥친 것처럼 화전민촌은 땅거죽에 균열이 군데군데 가 있었고, 초옥들은 폭삭 주저앉았다.

"……"

독고월은 매서운 눈으로 주위를 둘러봤다.

이런 대격변을 일으킬만한 사람은 자신을 제외한 단 한 명.

야주 담천 뿐이었다.

한데 어디에도 담천은 보이질 않았다. 기감에도 잡히지

않는 걸 보아, 이미 떠난 듯 보였다.

대체 어딜 간 걸까.

무슨 생각으로 이곳에 온 건지 짐작조차 할 수가 없었다.

탁.

뒤이어 도착한 은야가 사색이 된 얼굴로 물었다.

"이게 대체 어떻게 된 거죠?"

"……."

독고월은 대답없이 조용히 걸었다.

은야는 얼른 기감을 넓혔다.

한데 화전민촌에서 느껴지는 기척이 없었다. 일시에 증발되어버린 것처럼.

털썩.

"서, 설마."

은야는 휘청거리다 못해 주저앉았다. 그녀 또한 이런 괴사를 보일 수 있는 사람은 야주 담천 밖에 없다고 확신했다. 그리고 인기척이 느껴지질 않으니, 생각할 수 있는 건 촌민들의 몰살밖에 없었다.

아니나 다를까.

촌민들의 엉망이 된 시체가 하나 둘 눈에 들어왔다.

처참하기 그지없는 광경들.

"저, 저 때문이에요. 저 때문에 이런 일이……."

은야의 허망해하는 흐느낌에도 독고월은 반응하지 않았다. 잠잠해서 그런지 그가 느끼는 분노가 더욱 대단하게 느껴졌다.

저벅저벅.

그저 목적지를 향해 걷고 또 걸었다.

초난희가 머물던 모옥.

이곳 역시 악재를 피해 가지 못했다.

눈에 보이는 건 모옥이 있었던 터, 흔적뿐이었다. 약재 창고와 탕약실로 썼던 모옥도 마찬가지였다.

형체를 알아볼 수 없을 정도로 잔뜩 훼손된 시체 몇 구가 주위에 널브러져 있었다.

독고월은 무정한 시선으로 주위를 둘러봤다. 뭔가 찾으려는 듯 한 모양새였다.

은야는 죄책감에 억장이 무너지는 것 같았다.

"죄, 죄송해요. 저 때문에 이런 참사가… 저를 죽여주세요. 저 하나 때문에 모두가 죽었나 봐요. 부디 저를 용서치 말고 죽여주세요."

털썩.

무릎까지 꿇고 은야는 눈물을 뚝뚝 흘리며 죄를 청했다.

두려웠다.

자신을 상대로 화를 낼 독고월이 두려웠고, 그로부터 받

을 경멸이 무서웠다. 자신을 때려죽이는 것보다 그에게서
나올 분노 섞인 비난이 몸서리치게 두려웠다. 자신이 이곳
으로 와서 그가 아끼는 이들이 죽은 게 말 못할 죄책감을
안긴 것이다.

그야말로 막장에 들어섰다.

은야는 끝이란 생각을 하며 눈을 질끈 감았다. 귀라도
막고 싶었지만, 그건 더 비겁한 행위다. 차라리 그로부터
경멸을 받고, 분노를 받아내자 설령 그게 죽음으로 이어져
도 아니, 그의 손을 더럽히느니 차라리 스스로 목숨을 끊
는 게 낫다.

"정말 죄송해요!"

은야는 제 천령개를 스스로 내려쳤다.

퍼엉!

자결은 실패로 끝났다. 독고월의 손이 천령개를 내리치
던 그녀의 손을 잡아낸 것이다.

"일어서."

"네, 네?"

"일어서라고."

"하지만!"

"스스로 끊을 정도로 네 목숨이 그렇게 가치가 없는 건
가? 난 분명히 말했을 텐데, 살라고."

"허, 허으윽!"

은야는 형언할 수 없는 표정을 지었다. 수막이 뿌옇게 차올라서 앞이 잘 보이지 않았다. 큰 죄를 저지른 자신을 용서하는 것도 모자라, 감싸주는 사내라니 주체못할 감동이 느껴졌다. 그래서 저도 모르게 벌떡 일어나 안기려는 순간!

"공자……!"

"야 이년아, 딱 멈춰!"

가해월의 성난 목소리가 그녀의 귓전을 두들겼다. 그리고 부리나케 달려와 엉거주춤 서 있는 그녀의 앞을 가로막았다.

"어딜 감히, 본녀의 상공 놈한테 개수작을 부리려는 거야? 너 미쳤어?"

은야는 휘둥그레진 눈으로 갑작스레 나타난 가해월을 바라봤다. 그리고 뒤이어 나타나는 사람들을 보고 펄쩍 뛸 정도로 놀랐다.

놀랍게도 모두 생존해 있었다.

동시에 주위에 널브러져 있던 시체들이 신기루처럼 사라졌다.

그들이 머문 초난희의 초옥도 멀쩡하였다.

은야가 저도 모르게 두 눈을 비벼댔다.

가해월은 손가락으로 은야의 눈을 찌르는 시늉을 하고는, 독고월을 향해 은근슬쩍 안겼다.

"상공, 본녀 너무 무서웠어!"

혀까지 살짝 짧아진 듯한 콧소리에 사람들의 얼굴이 핼쑥해졌지만, 가해월은 아랑곳하지 않았다. 곱게 말아쥔 주먹으로 독고월의 가슴팍을 치며 까르르 웃기까지 하자, 독고월이 깊은 한숨을 내쉬었다.

"난 네가 더 무섭다."

2

은야는 쩍 벌어진 입을 다물지 못했다.

지금 들은 가해월의 말이 사실이라면 야주 담천이 고작 환술에 속아 퇴각했다는 것이다.

그게 말이 돼? 고작 저 여자가?

은야의 어이없어하다 못해 정말 네가? 라는 그 표정이 말 못하게 짜증이 난 가해월이었지만, 끝 모를 인내심으로 참아냈다.

"이년이 속고만 살았나? 본녀가 그렇다면 그런 거지 어디서 그런 되먹지 못한 표정을 짓고 난리야?"

"……."

은야의 눈빛이 된서리 뺨치게 차가워졌다.

가해월은 콧방귀도 안 뀌었다. 오히려 밑도 끝도 없이 잘난 척해댔다.

"본녀가 건 어마어마한 환술에 농락당한 거지. 비밀세력의 수장이자, 자칭 천하제일인께서 말이야."

"말도 안 돼요! 사야의 사술도 꿰뚫어보는 분 아니, 괴물이라구요!"

"뭐가 말이 안 돼? 충분히 말 되는데."

"당신은, 당신은 정말 형편없는 수준이었다구요!"

"이런 쌍!"

은야의 감정 섞인 외침에 가해월이 너 죽고, 나 살자며 길길이 날뛰었지만.

독고월에 의해 도로 진정됐다.

"사야의 사술보다 가해월의 환술이 더욱 뛰어나다면 가능한 이야기지."

"네에?"

도저히 믿을 수 없었던 은야는 목소리마저 떨렸다.

가해월이 승리자의 미소를 한껏 지었다.

"그래, 이년아. 본녀의 환술은 그 뒈진 사야 잡것하고 비교도 안 된다고, 이년아!"

"뒈진 사야? 설마? 사야를 죽인 게!"

불신 어린 눈빛으로 가해월을 바라보는 은야는 정말이지 얼빠진 얼굴이었다.

가해월은 그 얼빠진 얼굴을 보는 게 너무나도 즐거웠지만, 진실까지 숨기고 싶진 않았다.

"본녀의 환술 실력이야 천일야합술에 당한 네년이 더 잘 알 테니 말해 뭣하지만, 사야를 죽인 건 본녀가 아니야."

"아!"

그제야 이해가 간다는 듯이 은야가 감탄한 시선으로 독고월을 바라봤다.

설마 사야가 그의 손에 죽었을 줄은 꿈에도 몰랐다. 아니, 잘만 생각해보면 가해월과 접점이 이토록 많은 그였다. 사야가 그의 손에 죽는 건 타당했다.

그래도 새삼스러운 눈으로 가해월을 다시 보게 됐다. 야주 담천을 환술로 속일 정도라면, 듣던 것보다 대단한 여인임에는 분명하다.

화전민촌 사람들을 모두 살린 실력도 그렇고, 의술 실력 또한 최고였다. 어떻게 보면 이 자리에서 가장 유능한 사람이 그녀가 아닐까 싶었다.

"……."

풀이 죽은 은야는 고개를 숙였다. 자신은 사람 잡아 죽일 줄만 알지, 그에게 조금의 도움도 되지 않았다. 오히려 이런 민폐만 끼쳐댔다.

독고월은 그런 그녀의 내심을 읽었지만, 섣부른 위로를 건네지 않았다. 그럴 의무까진 없었다. 의기양양한 표정으로 은야를 내려다보는 가해월을 향해 말했다.

"일단 이곳을 피해있지. 고산채가 적당하겠군. 난 잠깐 다녀올 데가 있으니까."

"그럼 본녀도 같이 가."

가해월이 바로 달라붙었다.

독고월은 그녀의 이마를 가볍게 밀어냈다.

"제자하고 사람들이나 지키고 있지."

"본녀가 집 지키는 개도 아니고!"

"이번엔 지켜. 예전처럼 허망해하지 말고."

"……"

그 말 한마디에 가해월은 꿀 먹은 벙어리가 되었다. 천신만고 끝에 만년설삼을 구해왔는데, 죽었다는 제자년의 소식을 접했을 때가 떠올라서다.

은야는 영문 모를 얼굴을 했다. 독고월이라면 아교 저리 가라 할 정도로 끈질기게 달라붙던 가해월이었다. 하지만 독고월의 말 한마디에 규방의 규수처럼 얌전히 물러났다.

독고월은 손을 뻗어 가해월의 머리를 쓰다듬어줬다.

깜짝 놀란 가해월이 물끄러미 올려다봤다.

"……!"

"……"

은근슬쩍 내밀어 진 입술만 아니었다면, 더 쓰다듬어줬을 독고월이었다. 가볍게 고개를 돌려버리고는 은야에게 제안했다.

"같이 가지."

"네? 정말요?"

"뭐라고!"

한 명은 환희를, 또 다른 한 명은 환장하겠다는 각기 다른 반응을 보였다.

은야는 새빨개진 얼굴로 독고월의 옆에 섰다.

가해월은 일그러진 얼굴로 독고월에게 속삭였다.

"쟤랑 그렇고 그런 사이가 되기만 해봐, 아주 그냥 깽판을 치고 다닐 거니까. 설마 강호가 멸망하길 바라는 건 아니겠지?"

"……."

씨도 안 먹힐 협박인데, 독고월은 내심 그럴듯하다고 여겼다.

가해월이 작정하고 환술을 써대며 분탕을 치고 다니면 어찌 될까?

아주 개판이 되겠지.

독고월의 입장에서 흑야의 강호전복보다 가해월의 깽판이 더욱 현실적으로 다가왔다.

가해월이 번뜩이는 눈빛으로 은야를 노려봤다.

"경고하는데, 네 거 아닌 걸 탐하면 천일야합술을 걸어주지. 오늘 직접 보니 야주 담천이 제법 정정해 보이긴 하더라고. 천일은 거뜬할 것 같던데?"

"뭐라구요?"

기도 안 찬다는 듯이 은야가 성을 냈지만, 얼굴은 이미 핼쑥해졌다. 상상하고 만 것이다. 그리고 성질머리 더러운 가해월이라면 충분히 그러고도 남을 듯 싶었다.

가해월은 자신의 협박이 제대로 먹힌 것 같자, 그제야 안심하고 흥! 하고 콧방귀를 꼈다.

"상공도 잘 생각해. 본녀에게 잘 보여야……!"

"됐고."

독고월은 가해월의 우쭐함을 가볍게 무시해준 뒤, 은야 의 허리를 낚아챘다.

은야가 놀래 물러나려 했으나, 독고월의 억센 손힘은 당 해낼 수가 없었다. 아니, 솔직히 빠져나가고자 하면 못 빠 져나갈 리가 없다. 다 보여주기식이었다.

가해월이 두 눈에 쌍심지를 켰다.

"당장 떨어져, 떨어지라고!"

"그럼 갔다 오지."

"떨어져서 갔다 오면 되잖아!"

투기심이 그득한 가해월을 한심하다는 듯이 바라본 독 고월이 발을 굴렀다.

파앙!

팽팽하게 당겨진 활시위에서 화살이 떠나듯이 쏘아진 두 신형.

가해월이 뒤늦게 손을 뻗어보지만, 이미 독고월과 은야는 점이 되어 사라졌다.

빠드득.

가해월은 한차례 이갈이를 하고는 사람들을 이끌고 자취를 감춰버렸다. 지금 그녀에게 필요한 건 인내심이었다.

빠드득.

"두고 봐. 반드시 후회하게 해줄 거니까."

이까지 갈며 후일을 기약하는 게 꼭 악당 같아 보인다고 생각한 곽씨였지만, 굳이 그 생각을 입밖으로 꺼내진 않았다.

3

ㅡ은신하도록.

은야는 갑작스러운 전음에 당황할 새도 없었다.

독고월이 새처럼 활공하다가 급강하하듯이 뚝 떨어져서다.

순식간에 지면이 코앞으로 다가와 기함할 정도로 놀랐지만, 은야는 기민한 반응으로 독고월에게서 떨어졌다. 그리고 극에 다른 은신술을 펼쳐 주위의 풍광으로 녹아들었다.

거기까지 걸리는 시간은 촌각도 되지 않았다.

쿠웅, 휘이익—

땅을 있는 힘껏 박차 먼지를 낸 독고월이 다시 하늘을 향해 날아올랐다.

주위의 시선을 끄는 행위에 다섯 개의 그림자가 따라붙었다.

그중 가장 앞에 있는 이가 외쳤다.

"화신단!"

꿀꺽!

외침이 끝나기 무섭게 말한 이는 물론, 뒤따라오던 네 개의 그림자가 화신단의 복용을 마쳤다.

콰콰콰콰콰콰!

단전에서 범람한 내력이 줄기차게 뻗어져 나왔다.

극양지기.

그들의 전신에서 엄청난 아지랑이가 피어오르고, 눈동자엔 불꽃이 튀었다.

기만하게 은신한 은야는 기함할 정도로 놀랐다. 남궁세가로 갔어야 할 옛 동료가 이곳에 있어서다.

그렇다면 혹시!

쇄애애액!

가장 먼저 섬야가 나섰다. 누구보다 빠르게 독고월을 따라잡은 그였다. 엄청난 속도에 분간이 안 갈 정도로 희끄무레해진 형체가 독고월 앞에서 일장을 내질렀다.

퍼엉!

독고월은 가볍게 몸을 틀어 피했다. 하지만 속도는 줄었
다.

촤악, 촤아악!

그 찰나를 노린 듯, 지면에서 두 줄기의 갈퀴가 뻗쳐 나
왔다.

독고월은 양손을 휘저으며 지야가 쏘아 보낸 갈퀴를 무
력화시켰다.

"떨어져!"

퍼어억!

일성과 함께 위력적인 각법이 독고월의 등에 작렬했다.
제대로 맞았다면 일격에 척추를 박살 내고도 남을 위력이
었다. 호신강기를 있는 대로 끌어올린 독고월도 등이 뻐근
하다고 느낄 정도였다.

파바바바박!

추락하는 독고월을 향해 섬야가 기다렸다는 듯이 조공
을 펼쳤다. 강기 어린 조공은 인간의 육신 따윈 찢어발기
고도 남았다. 설령 호신강기를 끌어올린다 해도 문제없었
다.

적중한다면 후속타들이 줄지어 들어갈 테니까.

휘릭!

공중에서 신형을 멋들어지게 회전시킨 독고월.

섬야의 조공이 간발의 차이로 비켜나갔다.

독고월은 입가에 미소를 지었다.

"웃어?"

누군가의 외침과 함께 풍차처럼 휘둘린 발차기.

무영각을 장기로 삼은 각야였다. 죽은 권야와 의형제인
터라 독고월을 향한 증오는 뿌리가 깊었다.

뼈엉!

그림자조차 따라붙지 못한 그의 무영각에 걷어차인 독
고월은 그대로 쏘아졌다.

"제길!"

각야가 혀를 찼다. 역시 이번에도 소리만 요란한 뿐, 피
해는 거의 주지 못했다. 영악한 놈은 기민한 반응으로 바
람에 날리는 낙엽처럼 흐름에 편승하였다.

각야가 힘을 가한 방향으로 독고월이 몸을 날린 게 그
증거다. 하지만 여기서 끝이 아니다.

꽈르르릉!

독고월의 퇴로에서 투야(投夜)가 터트린 폭렬강침(爆裂
鋼針)이 있었다.

"옳거니!"

각야가 쾌재를 불렀다.

독고월을 향해 수백 개가 넘는 암기가 폭우처럼 쏟아졌
다. 초절정 무인의 호신강기도 꿰뚫는다는 강침인데다, 물

에 한 방울만 타도 수백 명은 죽을 수 있는 극독까지 발라
져 있다.

투야는 독고월이 폭렬강침에 쓰러질 걸 믿어 의심치 않
았다. 음산한 웃음을 흘렸지만, 폭죽을 터트리기엔 너무나
일렀다.

어느새 빼어 든 그의 월광도가 유려한 원을 그린 후였
다.

따다다다다당!

도강으로 만들어진 도막을 요란하게 두들기는 소리는
마치 콩 볶는 소리처럼 들렸다.

투야는 썩은 간을 씹은 것 같은 얼굴을 했다.

휙, 휙!

폭렬강침 중 몇 개가 투야를 향해 날라와서다. 경악하게
도 놈은 막아내는데 그치지 않고, 투야에게 되받아치기까
지 했다.

"이익!"

투야가 서둘러 땅바닥을 굴렀다.

천만다행으로 그의 등위로 폭우강침 몇 개가 스쳐 지나
갔다. 하마터면 제가 쏘아낸 암기에 죽을 뻔한 투야는 서
둘러 연막탄을 터트렸다.

퍼엉!

자욱한 연기가 투야의 모습을 감췄다.

쇄액!

투야가 있던 자리에 독고월의 월광도가 내리꽂혔다. 미처 피하는 게 늦은 투야가 암기를 쏘아 보냈다.

하지만 독고월이 한 발 더 빨랐다.

"으윽!"

투야의 얼굴이 창백해졌다.

까앙!

만약 시기적절하게 나선 검야(劍夜)가 아니었다면, 투야는 일도양단 됐을 것이다.

독고월은 월광도를 막아낸 검야를 바라보며 빙글거렸다.

"제법이야."

지금껏 줄곧 전면에 나서지 않았던 이였는데, 월광도를 통해 전해지는 느낌은 묵직했다. 딱 광야 정도의 실력자, 거기다 화신단까지 복용했으니 그 이상이라고 봐야겠다.

그럼에도 독고월은 여유를 부리며 제 앞에 내려선 다섯 명을 보았다.

"골목대장께선?"

사실 물을 것도 없었다.

야주 담천이 이미 한 명의 목줄기를 틀어쥐고 있었다.

그게 누군지는 보지 않아도 훤했다.

은신하고 있던 은야가 숨넘어가는 얼굴로 독고월을 바

라보았다.

"배신자도 쓰임에 따라 효용가치는 매우 크지. 아니 그
런가?"

담천은 차가운 눈빛으로 그런 은야를 내려다보았다. 솔
직히 수하의 배반을 믿고 싶지 않았다. 그가 직접 키운 거
나 진배없는 은야였다. 비록 정을 주지 않았다고 해도, 이
렇게 배신한다는 게 믿기지 않았다.

힘이 더욱 강해지자 은야가 거품을 물 정도로 괴로워했
다.

"컥, 컥!"

"설마 했다. 네가 본 야주를, 우리 흑야를 배반할 줄은
꿈에도 몰랐다."

"여인들이란 원래 그렇지."

"뭐?"

독고월의 끼어듦에 담천이 백미를 일그러트렸다.

"뭘 당연한 걸 몰랐다는 듯이 굴어? 퀴퀴한 냄새 나는
늙은이하고 나처럼 끝내주는 미남자하고 둘 중에 누굴 택
하겠어?"

"……!"

"당연히 나지!"

순식간에 야주 담천의 전면에 나타난 독고월.

"이형환위(移形換位)!"

섬야가 기겁했다.

담천이 은야의 목줄기를 틀어쥔 손목에 힘을 가하려고
했을 땐.

이미 늦었다.

꽈악!

담천의 손목을 독고월이 있는 힘껏 움켜쥐고 있었으니
까.

우르릉.

경세적인 경공술 뒤에 따라온 천둥소리가 그들의 심금
을 울렸다.

섬전행.

지금부터 이들에게 악몽이 될 이름이었다.

4

부르르.

야주 담천은 힘이 풀린 자신의 손아귀에 인상 쓸 새도
없었다.

퍼억!

독고월의 발이 명치를 걷어찬 덕분이었다. 물론 담천에
게 피해를 주지 못했다. 어차피 물러나게 할 의도뿐인 공
격이었다.

그걸 신호로 다섯 명의 야인이 달려들려고 했지만.

스윽.

들린 담천의 손이 이를 막았다.

"너희는 가거라."

"남궁세가? 왜 은야 들으라고 한 거짓말에 대한 약속이라도 지키게?"

독고월이 껴들었다.

야주 담천은 너털웃음을 터트렸다.

"남궁세가 따위야 처음부터 칠 생각이 없음은 어찌 알았는가?"

"계륵(鷄肋)이나 다름없는데다, 의미 없는 짓이니까. 어차피 마교 놈들에게 밀리면 강호의 지도상에 지워질걸. 굳이 정체를 드러내며 마교 아니, 강호의 경각심을 일깨울 필요는 없겠지. 속에 꿍꿍이가 많은 노친네답게 은야의 배신도 확인할 겸, 광야를 죽인 날 찾아낼 겸. 겸사겸사 미끼를 풀어놓은 거 아니겠어?"

"허허!"

영민한 아니, 한눈에 핵심을 꿰뚫는 놈의 혜안에 담천은 박장대소를 터트렸다.

정말이지 보면 볼수록 대단한 놈이었다.

정신을 차린 은야도 독고월을 떨리는 눈으로 바라봤다. 자신이라면 도저히 가질 수 없는 통찰력을 보이는 그였다.

"널 보면 본좌는 세상을 헛살았다는 느낌을 받지."

펄럭.

야주 담천은 용포를 떼어내며 말했다.

독고월은 은야의 앞을 가로막았다.

담천은 그런 독고월을 보며 두 팔을 깍지 껴 쭉 폈다. 용이 슬슬 몸을 푸는 것처럼 동작 하나하나가 눈길을 끌었다. 단지 용포를 떼어내고 몸만 풀었는데, 기세가 달라졌다.

"미래를 적어놨다는 비망록 따위에 의지하는 순간, 본좌의 통찰력은 사라졌지. 강호가 정해진 순리대로 도는 수레바퀴가 아님을 진즉 알고 있었는데, 참으로 어리석었어."

"……"

독고월도 그 말에 동의했는지 별말이 없었다. 담천이 하는 것처럼 좌우로 목을 꺾어서 뻐근한 몸을 풀어댔다.

그 찰나.

파바바바박!

오야가 땅을 박찼다. 화신단을 먹은 시간을 너무 지체해선 안 되었다. 그들은 야주가 은밀히 내린 명령을 수행하기 위해 떠났다.

그 뒤를 은밀한 그림자가 따라붙었다.

야주 담천도 그걸 알았지만, 보내줬다.

어차피 남은 오야가 알아서 처리할 것이다. 그들이라면 은야 정도는 찜쪄먹고도 남았다. 조금 전에도 독고월을 밀어붙이던 모습만 봐도 알만했다.

"두렵지 않은가?"

"뭐가?"

"네놈이 소중히 여기는 이들이 죽게 되는 게?"

누굴 말하는 건지 이미 알고 있었다.

화전민촌 사람들과 가해월, 그리고 초난희였다.

담천은 가해월의 환술에 속은 척했지만, 실은 지켜보고 있었던 것이다. 도대체 독고월이 뭘 숨기고 있는지.

그리고 발견해냈다.

독고월이 살아있는 것도 모자라, 초난희 그 계집이 살아있다는 것을… 혼수상태로 보이지만, 심장이 뛰고 혈색이 돌고 있음을 확인했다.

"허허, 설마 여기서 그 망할 계집이 살아있음을 발견할 줄은 꿈에도 몰랐어. 배신자 은야를 죽이지 않은 게 천재일우가 되어 돌아올 줄이야. 이런 걸 소가 뒷걸음질치다 쥐 잡은 격이라고 해야 하나?"

"……."

독고월은 침묵했다.

야주 담천은 진한 미소를 만면에 띄웠다.

"무슨 조화를 부려 죽은 계집을 살렸는지 내 알 바는 아니나. 한 가지는 확실히 확언하겠네."

"뭘?"

"초난희 고 계집앤 앞으로 본좌 밑에서 개처럼 영원히 봉사하게 될 거라는 걸."

"봉사?"

독고월의 눈빛이 점점 차가워졌다.

그걸 아는지 모르는지, 담천은 앉았다 일어났다 하면서 다리 근육을 풀었다.

"천기자 그 늙은이처럼 말이네. 참으로 잘됐지. 이제야 제자리를 찾아오는군. 엉클어진 속이 쫙 풀리는 기분이네. 그렇지 않아도 비망록 때문에 심사가 좋지 않았는데. 하늘이 도왔어."

"……."

"비망록도 다시 쓰고, 흑야의 대계를 위해 봉사해야겠지. 물론 가진 용모도 제법 반반하니 본좌의 욕정도 풀어주고 말이야. 같이 있던 또 다른 계집도 제법이었으니. 고생했던 수하들에게 상으로 내줘야겠지?"

평소의 담천 답지 않은 발언이었다.

하지만 어째서 저런 말을 하는지 독고월이 가장 잘 알았다. 초난희와 가해월에게 정을 준거라 여기는 것이다. 그래서 이렇게 흔들려고 하는 거고.

담천이 가늘어진 입매로 제안했다.

"다시 한 번 묻겠네. 어떤가? 본좌의 밑으로 들어오지 않겠나? 남궁일 자네의 말 한마디면 모든 게 해결되네. 본좌의 밑에만 들어오면 지금까지 했던 말은 사과함세. 그리고 자네가 원하는 모든 걸 들어주겠네."

이게 바로 그의 본심이었다.

야주 담천은 아직도 독고월을 등용하는 걸 포기하지 않았다.

"왜 쉬운 길을 놔두고, 어려운 길로 걸어가려고 하는 건가? 그것도 사지를 향해서 말이네. 광야처럼 본좌 옆에서 보좌하면 모든 게 좋지 않은가? 누이 좋고, 매부 좋고 란 말은 이럴 때 쓰는 거지."

"후후."

독고월이 처음으로 웃음을 흘렸다.

담천은 두 주먹을 꽉 쥐었다. 그것만으로 주위의 공기가 변했다. 슬며시 웃으며 기세를 푼 담천이 한 손을 척하니 내밀었다.

"지금 내민 손이 마지막일세. 자네가 강한 건 알지만, 본좌에겐 역부족이지 않은가? 설령 운이 좋아 본좌를 피해 간다 해도 이미 상황은 종료지. 아무리 가해월이란 계집이 환술 실력이 뛰어나도 오야의 손에 떨어지는 건 시간문제. 오야는 한 번 당한 환술에 두 번 당할 정도로 얼치기가 아닐세. 그건 직접 상대해본 자네가 가장 잘 알지 않는가?"

"하긴, 그렇긴 하지."

"그러니 본좌가 내민 손을 잡으면 모두가 평안해지네. 자네는 자네 사람들을 지킬 수 있고, 본좌는 대계를 한 치의 흐트러짐 없이 다시 시행하게 되고 말이네. 내 조금 전한 말은 다 자네를 흔들기 위한 말이네. 만약 자네가 본좌의 손을 잡는다면 초난희와 직접 주례까지 서주지. 만인의 축복을 받으며 혼례를 올리는 건 물론이거니와, 만인지상의 자리를 내 약속함세!"

담천이 호언장담했다. 그 눈빛만 봐도 반드시 그렇게 되고도 남을 것 같았다.

담천은 허언하는 이가 아니었으니까.

"세 살 버릇 여든까지 간다고. 약속을 밥 먹듯이 어기는 노친네의 뭘 믿고?"

"……."

담천의 호의적인 눈빛이 달라졌다. 보기만 해도 오금이 저릴 무시무시한 얼굴은 흉신악살(凶神惡薩), 그 자체다.

"…권주를 마다하고 벌주를 택하겠다는 건가?"

"내가 왜 지금까지 잠자코 들어줬는지 알아?"

질문에 질문으로 답하는 독고월.

곧 야주 담천의 눈빛은 독고월을 찢어 죽일 듯이 노려봤다. 귓전을 두들기는 놈의 말은.

"아무리 죽일 놈이라고 해도 말이다."

"……"

"유언은 하게 해줘야지 않겠어?"

구질구질한 미련마저 깔끔히 날려버리게 했다.

第 8 章

第 8 章.

1

콰콰콰콰쾅!

검과 검을 마주치자, 연신 터져 나오는 폭음과 정신을 사납게 만드는 불꽃들.

숫제 정신이 없었다. 하지만 정말 눈을 감거나 피하면 죽는다.

그 정도로 상대인 초무진의 위맹한 공격은 모용준경으로 하여금 이를 악물게 하였다. 아까 상대했던 유령신마와의 일전은 몸풀기에 불과할 정도로 초무진은 비교를 불허했다.

벌써 백 초식이 훌쩍 넘었다.

그럼에도 둘은 조금도 지치지 않았다.

쏴아악!

초무진의 검이 위맹한 기세로 날아들었다.

까앙!

모용준경은 막아야 한다는 일념하에 검을 맞부딪쳤
다. 우습게도 피하면 죽는다는 생각이 머릿속을 지배하
였다.

이유는 간단했다.

초무진은 지금 모용준경과 생사를 넘나드는 일전을 벌
이고 있었지만, 직접 부딪쳐본 모용준경이 가장 잘 알았
다. 지금 교주 초무진이 봐주고 있음을.

"와아아아!"

"대단하다, 소신룡!"

무림맹의 무인들은 그것도 모르고 환호성을 있는 대로
지르는 중이다.

모용준경으로서는 쓴웃음이 절로 나오는 상황이었다.

스아아악!

초무진은 느긋하면서도 위맹한 검초식으로 모용준경을
압박해갔다. 만약 그가 전심전력을 다했다면, 백 초식 안
에 모용준경의 목은 떨어졌다.

그걸 가장 잘 아는 모용준경은 전력을 다해 막아냈다.

땅!

휘청거리는 모용준경의 신형처럼 흔들리는 검강.

찬란했던 빛이 순식간에 옅어졌다. 초무진의 검에서 활활 타오르는 검은 불길이 원인이었다.

내력의 수준 차이가 다르니 정면으로 맞부딪치자, 모용준경의 검강이 꺼질 듯이 옅어지는 것이다.

하지만 언제 그랬냐는 듯이 모용준경의 검강은 도로 원상복구 됐다. 모용준경의 단전이 내력을 줄기차게 공급해 줘서다.

"호오."

초무진마저 감탄할 정도로 내력의 수발이 매우 빨랐고 너무 자연스러웠다. 그 덕분에 초무진의 관심을 끌었고, 모용준경이 딱 버틸 수 있는 만큼의 공격만 하는 중이었다.

그렇다고 놀진 않았다.

슈슈슈슉!

모용준경을 향해 쏟아지는 네 번의 검격은 지켜보는 이들의 모골마저 송연하게 하였다.

당사자인 모용준경은 어떻겠나?

따다다당!

필사적으로 검격을 받아내기 위해 자신의 검에 미친 듯이 내력을 퍼부어댔다.

그럼에도 불구하고.

모용준경은 지치지 않았다.

초무진은 그런 모용준경을 새삼스러운 눈으로 보았다.

"대단하군."

"노선배님만 하겠습니까?"

받아낸 검격에 팔 근육이 저린 모용준경이 검을 양손으로 고쳐 쥐었다.

초무진은 노선배라는 말에 메마른 미소를 흘렸다.

"노선배라… 너희는 본교를 두고 마교라 부르며 경원시하는 걸로 아는데?"

잠시 쉴 틈을 갖자는 초무진의 뜻을 모용준경이 마다할 리가 없었다. 불감청이언정 고소원이었어도, 검은 여전히 들었다. 만반의 준비를 해야 할 정도로 초무진의 초식은 매서웠다. 아니, 솔직히 무서웠다.

"만류귀종이라 했습니다. 설령 같은 뿌리는 아닌 것처럼 보여도, 무도의 궁극을 추구하는 면에선 같지요. 해서 앞선 경지를 이룩한 대단한 무인을 선배님이라고 부르는 게 무슨 문제가 되겠습니까?"

"생각보다 영악하군."

목숨을 구함 받기 위해 그러는 건 아니냐는 뜻이다.

모용준경은 슬쩍 미소 지었다.

"그래야 하는 상대니깐요. 이 어린 후배의 상대가 어지간해야죠."

의외의 넉살에 초무진은 입꼬리를 올렸다.

"아부하는 성격으로 보진 않았는데?"

"사실을 말하는 게 어찌 아부가 되겠습니까."

"흐음."

틀린 말은 아니었기에, 초무진은 더이상 추궁하진 않았다. 그저 검봉을 모용준경을 향해 겨누었다.

그 간단한 행동만으로 받는 압박감은 상상을 초월했다.

모용준경은 담담한 표정으로 그 압박감을 이겨냈다. 거기다 마주 검봉까지 겨눴고.

초무진이 이를 드러내며 웃었다.

"근래 들어 생사결을 나눌만한 적수가 없다고 여겼는데, 이제야 만났군."

"하하, 어딜 감히 말학후배가 그런 호사를 누리겠습니까? 논검(論劍)만 나눠도 영광인 것을요."

모용준경의 낭랑한 말 속에 담긴 뜻은 초무진의 눈빛이 살짝 달라지게 하였다. 모용준경이 한 말속에서 느껴지는 뼈 때문이었다.

"그 말은 본좌와 생사결을 나눌 상대는 따로 있다는 말이렷다?"

"……"

모용준경은 대답 대신 말간 미소를 지었다.

순간 초무진이 기세를 끌어올렸다.

후화아아아아앙!

갑자기 일진광풍이 휘몰아쳤다.

모용준경의 백의장삼도 미친 듯이 펄럭였다.

지켜보는 이의 간담이 철렁 내려앉을 정도로 패도적인 기세였다. 먼 곳에서 보던 무림맹 고수들의 낯빛이 좋지 않았다.

산 넘어 산이라고.

비강시도 비강시지만, 모용준경과 마주한 초무진도 엄청났다.

그런 초무진이 모용준경을 향해 넌지시 물었다.

"어떠냐? 나눌만하더냐?"

"……."

잠시 눈을 감은 모용준경이 가늠해봤다. 답은 생각할 것도 없었다. 조심스레 고개를 가로저었다.

초무진은 눈매가 살짝 일그러졌다.

"혹시나 했더니 쯧! 하지만 아느냐? 본좌는 지금 삼 푼의 실력을 감추라는 강호의 격언을 따르고 있음을."

"감히 한 말씀 올려도 되겠습니까?"

"그리도록."

"강호의 격언을 따르지 않으셔도, 노선배님께서 수라역혈대법을 펼치셔도 제 대답은 같습니다."

수라역혈대법.

시전자의 잠력을 폭발시켜 서너 배 이상은 강하게 해준다는 비전 중의 비전이었다. 마교주들만 익히고 있다는 절대적인 심공으로 잠력환과는 비교를 불허했다.

숱한 절체절명의 위기들에서 마교주들을 구해준 구명절초였으니까.

어린 모용준경의 식견도 놀라웠지만, 그걸 아는 놈이 마교주인 자신을 앞에 두고 감히 떠든다.

상대가 안 된다고.

"본좌를 앞에 두고 그런 말을 한다? 아쉽군, 아부할 줄 아는 성격이라면 좀 더 살 수 있을 텐데 말이야."

"아까도 말했지만, 이 못난 말학후배는 사실만 말할 뿐입니다."

"허허!"

초무진은 호방한 대소를 터트리고는, 느긋한 태도로 검봉을 까닥였다.

대화는 끝이다.

모용준경도 더이상 주저하지 않았다.

"과공은 비례라 했으니 사양하지 않겠습니다!"

파앙!

모용준경이 힘차게 지면을 박찼다. 그의 신형이 한 줄기 벼락이 되어 뻗어 나갔다.

2

우르르— 쾅!

야주 담천은 독고월의 주먹에 실린 경력을 그대로 받아
내었다. 과거처럼 손쉽게 받아내는 것처럼 보였지만, 지난
날과 달리 손바닥이 벌겋게 달아올랐다.

어린아이 손목 비틀기보다 쉽게 받아내는 그였는데 말
이다.

"제법이군."

허연 수염이 살짝 떨렸다. 고통으로 말미암은 게 아니었
다. 묘한 흥분으로 고양된 감정 때문이다.

독고월도 담천처럼 입꼬리를 올렸다.

호적수를 만났다는 감정은 진정한 무인이라면 누구나
알만한 것이다.

기분 좋은 긴장감에서 기인한 호승심.

부르르.

맞대어진 철벽같은 손바닥과 바위 같은 주먹이 떨렸다.
힘겨루기에 들어간 것이다. 남은 손발로 상대를 공격하면
되지만, 그들은 그러지 않았다.

내력싸움.

그렇지 않아도 상대의 내력이 어느 정도인지 가늠하고

싶었던 건 독고월 만이 아니었다.

야주 담천도 울긋불긋해진 얼굴로 받아들였다.

독고월의 얼굴에 은은한 붉은 기가 감돌았다.

우우우우우우우우.

그들이 디딘 대지가 떨리자 산천초목이 울부짖었다.

대기는 윙윙거리며 귀를 먹먹하게 만들고, 심장은 쿵쾅거리다 못해 미친 듯이 피를 뽑아냈다.

그들의 단전에서도 내력이 미친 듯이 쏟아부었다. 아차하는 순간에 내력싸움에서 밀리면, 주화입마에 빠질지도 몰랐다.

그랬기에 독고월과 담천은 필사적이었다.

하지만 한 손으로 서로의 내력을 겨루기엔 문이 너무 좁았다.

퍽!

독고월의 돌주먹이 송곳처럼 꽂혔고, 담천의 강철같은 손바닥이 이를 막았다.

부르르.

마주 잡은 두 팔이 떨리기 시작했다.

이젠 풍광마저 흔들리는 착각이 들었다. 아니, 실제로 흔들리고 있었다. 이러다 풍광이 산산조각이 나는 건 아닌가 싶을 정도였다!

드드드드드드!

천지간에 존재하는 모든 것이 두 절대고수의 내력대결에 아우성쳐댔다.

쩌억!

기어코 한쪽이 디딘 대지에 금이 갔다. 가뭄이 인 메마른 논바닥처럼 갈라진 것이다.

쩌저적!

때맞춰 다른 한쪽이 디딘 대지에도 금이 갔다.

그야말로 호각지세!

뒤늦게 대지에 금이 간 이, 야주 담천의 일그러진 미간이 말해줬다. 전심전력을 다하고 있음을.

"본좌가 좀 더 우세하군."

"후후."

독고월도 순순히 인정했다. 이마 위의 힘줄이 툭 불거졌지만, 말할 여유를 보건대 담천 쪽이 더 우위에 있었다.

"후웁!"

조금의 대화로 확신을 얻은 담천이 내력을 더욱 끌어올렸다.

불난 집에 기름을 부은 것처럼 담천의 내력이 활활 타올랐다. 순식간에 내력을 배가시켜 독고월에게 내상을 입히려는 의도였다.

독고월도 지지 않고 마주 끌어올렸다.

쩌저적!

독고월이 디딘 대지가 더욱 갈라졌다. 무너질 듯이 가라앉으려는 모양새는 확실히 밀리고 있다는 증거다.

그럼에도 불구하고.

독고월은 입가에 띈 미소를 지우지 않았다.

야주 담천은 시뻘게진 안색으로 말했다.

"이대로 본좌가 내력을 몰아치면 주화입마에 빠질 텐데 말이네. 지금도 늦지 않았네. 본좌에게 충성서약을 하면, 만인지상의 자리를 주는 건 물론! 자네가 아끼는 이들이 당할 처참한……!"

"지겹군."

"뭐라?"

처음으로 나온 독고월의 목소리는 의외로 담담했다.

담천은 그것이 무척 거슬렸다. 자신은 지금 전력을 다해 내리 찍어누르는 중이다. 밀려도 한참 밀려서 칠공으로 피를 쏟아야 할 상태였다.

한데 독고월은 여전히 건방진 태도를 고수했다.

느껴지지 않는단 말인가?

이 수준 차이가!

쩌저저적—!

독고월이 디딘 대지는 한파로 얼어붙은 호수 면에 금이 간 것처럼, 당장에라도 무너질 듯했다.

하지만 독고월의 무릎은 꿇리지 않았다.

야주 담천은 세상을 박차고 나온 이래로 이렇게 용을 써 봤을까 싶었다. 대해처럼 광활한 단전에서 넘치다 못해 범람할 정도의 내력을 모조리 쏟아부었는데도 상대는 얄밉게 버티고 있었다.

내력의 우위는 분명 담천에게 있지만, 독고월은 그 우위에는 밀릴지언정 꿇리지 않았다.

"크윽."

야주 담천의 코에서 혈흔이 살짝 내비쳤다.

쩌저저저적—

독고월의 발이 디딘 땅 아니, 이곳의 대지는 지진이라도 난 것처럼 줄기차게 갈라졌다.

드드드드!

대지 위로 튀어 오르는 흙먼지와 같은 부유물들.

입신지경에 이른 두 거인이 벌인 대결의 여파답게 대단하였다.

이젠 멈출 수가 없었다.

호승심에 벌인 내력의 대결이 자연스레 생사결이 됐다.

여기서 멈추거나 밀리면, 어느 한 쪽이 죽어도 이상할게 없는 상황이었다.

"끄으응!"

야주 담천이 답답한 신음성을 먼저 냈다.

독고월은 마른 침을, 더 정확히는 치밀어오르려는 울혈을 억지로 삼켜냈다.

야주 담천은 여유가 사라진 얼굴로 말했다. 코밑의 혈흔이 좀 더 짙어졌다.

"…이젠 싫어도 인정해야겠군. 자네보다 내력으로 우위에 있음에도 압도할 수 없음을."

"……."

독고월은 입매를 일그러트렸다. 입가엔 혈흔이 살짝 내비쳤다.

슬슬 끝을 향해 가고 있는 것이다.

용호상박.

이대로라면 둘 다 자멸한다.

담천과 독고월이 시선을 교환하는 건 찰나!

"흐아압!"

"하압!"

기다렸다는 듯이 동시에 기합성을 내지른 둘은 서로의 내력을 거두었다. 그 틈을 타 절초마저 꺼내 들었다.

꾸르르르르!

담천의 장검이 뿌려낸 파천일검!

쫘자자자작!

독고월의 월광도가 뽑아낸 섬월!

강호에 다시 없을 공전절후한 무공의 격돌이 드디어 시

작된 것이다.

3

꽈르르르릉!

난데없는 폭음에 귀청이 먹먹해지다 못해 찢어질 정도
였다.

천지가 주목할만한 두 거인의 격돌이다.

산천초목도 두려움에 벌벌 떨어야 할 정도로 압도적인
무위가 끼친 여파는 이곳까지 미쳤다.

"흐윽!"

순간 깨진 환술진에 가해월은 이를 악물었다. 서둘러 수
인을 맺고, 보법을 밟아댔다.

환술진으로 겨우 가둔 놈들이 깨어나면 그녀는 물론이
거니와, 혼란에 빠진 화전민촌 사람들은 그야말로 몰살이
었다.

그 정도로 찾아온 불청객들은 무서운 이들이었다.

한 가지 다행인 건 그들이 화신단을 복용한 터라 초조함
을 느끼고 있다는 것이다. 그리고 그 초조함이 빈틈이 되
어 가해월의 환술이 먹히게 해줬다.

생각보다 뛰어난 가해월의 실력도 그렇고, 천안통으로
이미 모든 상황을 꿴 그녀인지라, 그들이 닥쳐오는 순간!

이미 만반의 준비를 마친 터였다.

하늘의 조화를 땅 위에 펼치는 기문진.

삼라만상의 조화가 모두 담긴 환상미라진이겠다.

한 걸음만 나서도 절벽이 되고, 혹한의 추위와 용암의 대지가 뒤바뀌어 찾아온다. 생문과 사문의 위치 또한 수시로 바뀌기에, 아무리 기문진에 밝은 이라도 쉬이 빠져나올 수 없는 무시무시한 절진이었다.

그럼에도 상대와의 상성은 나빴다.

이들은 기문진을 파훼하기위해 생문과 사문을 찾는 대신, 절세의 고수답게 기물들을 닥치는 대로 파괴했다. 참으로 단순무식한 방법이지만, 지금 그들의 처지에서 최선의 한 수였다.

다른 이라면 꿈도 못 꿀 방법인데, 그들은 능력이 차고 넘쳤다. 물론 그 외엔 달리 방법이 없기도 하다.

사야라도 있으면 생문과 사문을 찾아보겠으나, 지금 이 자리에 그들을 도울 사야는 없었다. 그저 닥치는 대로 부수고 보는 건데.

이게 의외로 먹혔다.

악수가 묘수가 된 상황이었다.

일반 무인도 아닌 초절정 고수인데다, 화신단까지 먹은 그들의 엄청난 무공에 비례해 커진 심력은 상전벽해의 변화로도 막을 수가 없었다.

콰콰콰콰쾅!

환상미라진 안에서 연신 터져 나오는 폭발음이었다. 기문진을 이루는 구조물들을 닥치는 대로 박살을 내는 중이다. 그것도 엄청난 속도로 뒤도 안 돌아보고 부셔댔다.

"이 무식한 놈들!"

가해월이 이를 갈아댔지만, 가둔 이들은 환상미라진에 오래 붙잡아두기엔 너무 대단한 이들이었다.

잡아놓을 수 있는 시각은 고작해야 이각.

어쩌면 그보다 더 짧을 수도 있었다.

사람처럼 환경에 대해 적응이 빠른 동물이 없다는 걸 증명이라도 하듯, 그들이 기물을 파괴하는 속도는 점차 빨라졌으니까.

상전벽해의 변화도 한계에 부딪혔다.

미리 준비하고 있던 가해월의 노력이 수포로 돌아갈 정도로.

"족히 반 시진은 끌 수 있다고 여겼는데, 쳇!"

가해월은 절망적인 상황에도 굴하지 않았다. 오히려 미친 듯이 수인과 보법을 밟아 다음 상황을 대비했다.

그때 누군가 그녀의 옆에 내려섰다.

"이봐요."

"……!"

기척도 없이 내려선 터에 들려온 목소리라, 심장이 튀어

나올 정도로 놀란 가해월이었다. 쭈뼛거리는 머리카락과
별개로 가해월은 욕설부터 내뱉었다. 뒤도 돌아보지도 않
았다.

"왜 이년아!"

"날 안으로 들여보내 줘요."

"……!"

가해월은 별 미친년 다 보겠다는 표정으로 돌아봤다.

은야는 찬바람이 쌩쌩 부는 표정을 짓고 있었다.

가해월은 의뭉스러워했다. 갑자기 이년이 왜 그러나 싶
어 경계심이 들어 이죽거려봤다.

"왜? 동료와 합심해도 본녀의 뒤통수라도 치게?"

"그럴 거였으면, 진즉 당신을 죽였을 거예요."

스르르.

치켜든 연검에서 전해지는 한기에 가해월의 등골이 오
싹해졌다. 지금 은야가 마음을 달리 먹으면 자신은 죽는
다. 외면할 수 없는 현실에 가해월은 침을 꼴깍 삼켰다.

"흥, 쫄긴."

"뭐라고!"

은야가 흘린 코웃음에 가해월이 얼굴을 붉혔다. 정곡을
찔린 것이다.

은야는 치켜든 연검을 내렸다.

"지켜야 하잖아요."

"……."

누구냐고 물을 것도 없었다. 가해월의 등 뒤엔 독고월이 살리고자 했던 화전민촌 사람들과 의식불명에 빠진 초난 희가 있다.

가해월이 매서운 눈빛을 해 보였다.

여전한 의심 어린 태도에 은야가 울컥했다.

"정말, 사람의 호의를 무시해도 유분수지! 내가……!"

"들어가면 죽을 수도 있어. 이년아."

걱정이 살짝 섞인 가해월의 말에 은야는 새침한 표정을 지어 보였다.

"흥, 이까짓 기문진으로 날 어쩌진 못해요. 당신도 알 거 아니에요. 내 은신술이 어느 정도인지."

"본녀의 환술, 기문진이 문제가 아니야. 네년의 동료가 가만히 있겠느냐는 거지. 네년이 몸담았던 곳이 배신자에 관대한 집단은 아니잖아?"

맞는 말이었다.

그래서 은야는 침묵했고, 가해월은 넌지시 의중을 물어 왔다.

"죽을 각오로 놈들과 싸워야 겨우 살 수 있을까, 말까 야. 옛 동료를 벨 수나 있겠어?"

"……."

"본녀가 생각하기엔 말이야. 고작 살고 싶어서 동료를

배신하려는 네년이 못 미더워서 그래. 지금 본녀의 상황이 어린애 손이라도 빌려야 할 상황이긴 한데, 한 가지는 짚고 넘어가자고."

"뭔데요."

은야의 눈빛이 싸늘하게 식었다.

가해월은 눈앞의 여인이 이런 짓을 그냥 벌이는 거라 믿지 않았다. 순진하게 보이는 걸 모두 믿기엔 가해월은 너무 오래 살았다.

"네년의 속내."

"……."

촤르르.

대답없이 가해월의 허연 목을 조여오는 연검이었다. 은은한 살기가 몸마저 옥죄어왔다.

가해월의 표정이 딱딱하게 굳어졌다. 그러면 그렇지 란 표정이 아니었다.

"솔직히 말해봐!"

"……."

"독고월에게 점수라도 따고 싶어 그렇지? 그런 거지!"

"……!"

내심을 들킨 사람처럼 은야가 화들짝 놀랜다. 연검에 서렸던 살기마저 풀렸다.

가해월은 그 모습에 심장이 철렁하고 내려앉았다.

설마, 설마 했는데 정말 일 줄이야!

"대체 왜! 네년은 기껏해야 몇 번 봤을 뿐이라고, 이건 말도 안 돼. 아무리 상공 놈의 자식이 거적때기를 입혀놔도 짜증나게 잘생겼다 해도, 어디 가서 맞고 오는 일은 없을 정도로 강한 놈이라 해도 이럴 순 없는 거라고!"

"……."

은야는 벌겋게 달아오른 목으로 침묵을 고수했다.

가해월은 다음 환술을 준비하는 것도 잊어버릴 정도로 방방 뛰었다. 제자 년만으로도 벅찬데 이건 또 뭔가 싶은 것이다.

"야 이년아! 사랑이 그리 쉬워? 가슴 절절하게 만드는 사랑이 그렇게 쉽게 얻어지는 거냐고? 네년은 상공 놈과 사랑의 건더기라고 할 만한 이야깃거리도 없었잖아? 같이 보낸 시간도……!"

순간 가해월이 아연실색했다. 그녀의 머릿속에 번개처럼 스쳐 지나가는 생각 때문이었다.

"처, 처, 처, 천일야합술!"

떠듬떠듬 입을 벌려 겨우 완성한 그 대단한 아니, 저주받을 환술이겠다.

은야는 고개를 아예 푹 수그렸다. 도홧빛으로 물든 목덜미가 참으로 고왔다.

사랑 한 번 못해보고 살인기계로 키워진 숙맥 여인에게

천일야합술은 대체 어떤 의미일까?

털썩.

주저앉은 가해월은 그 대답을 누구보다 잘 알고 있었다.

독고월 덕분에 맞이한 기연으로, 사술의 대가인 사야보다 더욱 뛰어난 환술의 대가가 되어버린 가해월이다.

자화자찬하며 제 얼굴에 금칠해대기 바빴던 그녀는 태어나서 처음으로 후회했다. 양손으로 머리털마저 쥐어뜯는 가해월의 눈에 은야의 눈동자가 들어왔다.

고양이 눈을 닮은 묘안석에 일렁이는 욕망의 불꽃.

냉혹하다 못해 삭막하다는 지랄 맞은 살인 기계, 특급살수마저 사랑에 눈뜨게 하는 환술의 대가라니.

"아악! 뒤로 자빠져도 코가 깨질 년을 봤나! 무슨 부귀영화를 누리겠다고, 잡스러운 환술은 왜 익혀서억—!"

머리털 나고 처음으로 제게 욕을 퍼붓는 가해월이었다.

사랑에 눈먼 여인만큼 무서운 아니, 딸자식 키워놓아 봐야 소용없다고!

지붕 위로 올라간 닭 쫓던 개보다, 더욱 어이없을 야주 담천의 심경은 어떨까 싶은 가해월이었다.

4

한마디로 어이가 없었다.

중단전까지 연데다 긴 세월을 두고 쌓은 어마어마한 내공이 존재했다. 자신은 그야말로 무적이었는데, 더이상 무적이란 말을 입에 담을 수가 없었다.

파천일검부터 파천구검까지.

이 모든 초식을 받아낸 독고월 때문이었다.

거악도 무너트리고 남을 초식을 피하지 않고 받아낸 것만으로 경악스러울 지경인데, 틈틈이 반격까지 한다.

이게 의미하는 바가 뭐겠나.

절대의 경지에 이르고 난 뒤 처음 맞이한 적 다운 적이겠다.

"그간 너무 쉬었나?"

야주 담천이 검을 든 팔을 이리저리 휘두르며 말했다. 그 모습이 저잣거리의 왈패가 사람 때리기 전에 취하는 동작처럼 보였지만, 독고월은 그 팔짓 하나하나에 담긴 무리를 읽었다.

그가 펼친 검초식의 정수가 느껴졌다.

"실전된 줄 알았던 무신의 파천구검(破天九劍)을 보게 될 줄이야. 대단해, 황궁의 힘이란 건."

독고월의 말에 담천이 허허롭게 웃었다.

"파천구검을 막아낸 네놈이 더 대단하다는 소리로 들리는군."

"대단하긴 개뿔, 아직 몸도 제대로 안 풀린 늙은이의 무공을 막은 건데."

"으허허허!"

담천은 대소를 터트렸다. 물론 기뻐서 웃는 게 아니었
다. 시퍼런 눈빛에 담긴 살기는 형용하기조차 싫을 정도로
소름이 끼쳤다.

"언제까지 그 오만방자함을 유지할 수 있는지 지켜보겠
네."

"얼마든지."

독고월은 말이 끝나기 무섭게 달려들었다.

쇄액!

지금껏 펼쳤던 휘황찬란한 초식과 동떨어진 무척 단조
로운 도초였다.

하지만 야주 담천의 안색은 그리 좋지 않았다.

지금 독고월이 펼친 도초는 그야말로 살도(殺刀), 사람
을 죽이기 위한 최적의 경로를 그리고 있었다.

경세적인 위력보다 오로지 죽이기 위한 목적으로 갈고
닦인 경제적인 도초였다.

가벼이 볼 수 있는 게 아니다.

깡, 쇄엑!

그럼에도 담천은 쉬이 막아냈고, 독고월의 간담을 서늘
하게 할 반격까지 해냈다. 마치 이형환위(移形換位)처럼
막은 검의 잔상만 남기고, 검의 실체는 독고월의 목을 가

르는 중이었다.

스윽.

공간을 격한 검초를 독고월은 한발 물러나는 걸로 가볍게 피했다. 마실 나온 사람처럼 표정도 평온하기 그지없었다.

쉬쉬쉬쉬쉭!

담천이 물 흐르는 듯한 검격을 다섯 번이나 뿌렸다. 그 다섯 번의 칼질은 그냥 칼질이 아니었다.

파천오검.

야주 담천은 은은한 검강이 머문 검으로 담담히 펼치는 중이다.

따다다다당!

독고월도 월광도로 어렵지 않게 방어해냈다. 월광도가 담천의 검강을 받아내는 건 절세의 명도여서가 아니었다. 이미 월광도에도 폭풍처럼 휘몰아치고도 남을 내력이 그득 담겨있었다.

쩌저저정—

나누는 검격에 불꽃만이 튀고, 귀를 찢는 폭음보다 내부에 깊은 울림을 전해주는 공수(攻守)교환.

야주 담천은 일생일대의 호적수에 침음을 삼켰다. 과거엔 그의 경지가 읽혔는데, 지금은 그렇지 못했다. 그는 양파처럼 까면 깔수록 새로운 모습을 보여주고 있었다.

괄목상대라는 말이 부족할 지경이다.

쉬악!

독고월이 뻗어낸 도초를 어렵지 않게 흘려보낸 담천이 고개를 가로저었다.

"이것 참! 이렇게 짧은 새에 보란 듯이 강해져서 돌아올 줄은 몰랐군. 죽을 고비를 넘긴 무인이 강해지는 거야 당연하다고는 하나, 이렇게 비이상적으로 강해지다니. 정말 탐이 나는 무재를 가졌어."

"……."

"어떤가? 황제에게 충성을 바쳐 그 눈부신 재능을 나라를 위해 바치는 게."

아직도 회유의 여지를 내비치다니, 독고월에게서 쓴웃음이 절로 나왔다.

"어지간하군."

"만약 본좌가 그저 목에 힘깨나 주며 떵떵거리는 무뢰배에 불과했다면, 자네를 어떻게 해서든 죽이려고 수를 썼겠지. 하지만 대의적인 차원에서라면 등용하는 게 우선이지 않겠나? 본좌에게 최우선 사항은 개인의 영달이 아닌 황제폐하를 향한 충심이니 말일세. 자네도 황제폐하의 백성이니 당연히 그래야 함이 마땅하고!"

추상같은 담천의 외침에 독고월은 월광도를 거두었다.

"흥이 식는군."

"잘 생각했네. 지금이라도 늦지 않았다네. 본좌에게 충성을 바치는 게 싫다면, 같이 입궐하면 해결되는 문제네. 백성이 황제에게 충성을 바치는 건 밥을 먹는 것처럼 당연한 일 아닌가?"

"……."

독고월이 침묵하자, 담천의 안색에 화색이 돌았다.

"자네보고 나라의 녹을 먹으라는 소리까진 안 하겠네. 하지만 황제폐하의 대계에 필요한 양익 중 일익이 되어 잠시 도와만 준다면, 대대손손 영광을 누리는 건 물론이거니와, 공주의 부마가 되어 황족의 일원이 되는 것도 나쁘지 않지. 아니 그런가?"

공주라는 말에 떠오르는 인물이 있었던 독고월.

야주 담천은 신이 나 침을 튀겨가며 떠들었다.

"공주의 부마도위가 되는 게 어떤 건지 아는가? 무소불위의 권력을 누린다는 말일세!"

"강호인을 모조리 잡아 죽인 다음에?"

"강호인 따위! 황제폐하의 하해와 같은 아량에도, 세상이 제 것인 것 마냥, 백성의 고혈을 쥐어짜는 암적인 존재들임을 어찌 모르는가!"

분노 어린 외침에 담긴 강호인을 향한 적의는 상상을 초월했다.

그간 상호불가침의 영역을 존중한다고 생각했는데, 황

궁 쪽에선 그게 아니었나 보다. 황궁은 치외법권 지역이나 다름없는 강호란 곳 자체를 처음부터 인정하지 않았다.

팔짱을 낀 독고월이 피식 웃었다.

"나도 암적인 놈 중 하나인데 말이지."

"자네는 엄연히 다르네! 능히 거대한 세력 하나를 이루고도 남을 절세의 무력을 지니고 있음에도. 그걸 무기 삼아 황제폐하의 백성을 핍박하거나, 개인 사병을 육성하는 반역을 저지르지는 않지 않았나?"

반역이라.

독고월은 할 말을 잃었다. 황궁에선 강호인들 자체를 반역도로 보고 있다는 시각이 말해주는 의미 때문이다.

품속에 있는 이걸로 해결이 가능은 한 걸까?

독고월은 머릿속을 복잡하게 하는 의문에 입안에 쓴 물이 차오르는 걸 느꼈다.

야주 담천은 기회라고 여겼는지 계속해서 회유책을 내밀었다.

"자네에겐 천재일우의 기회가 되는 걸세. 본좌와 자네라면 황제폐하의 우환을 덜어드리는 건 물론, 이 나라에 사는 모든 백성에게 태평성대를 불러오고도……!"

"어지간히도 내가 겁나나 보군."

갑작스러운 독고월의 말에 담천은 말을 멈췄다. 도저히 넘겨들을 수 없는 발언이었다.

"뭐라 했는가?"

"이 내가 얼마나 무서웠으면, 그렇게 겁먹은 쥐새끼 마냥 날 회유하지 못해 안달인데?"

"……."

이번엔 야주 담천이 침묵했다. 하지만 독고월의 침묵과 달랐다.

이곳에 존재하는 모든 것이 숨을 죽일 정도로, 야주 담천의 숨겨진 진면목은 숨이 턱 하고 막혀왔다. 물론 실력을 숨긴 건 야주 담천만이 아니었다.

독고월도 그러했다.

"좋은 칼 놔두고 입으로 검을 나눠서 뭣해? 그리고 말은 바로 해야지. 세상이 제 거인 거 마냥 떠드는 게 강호인뿐만이 아니지. 똥 묻은 개가 겨 묻은 개를 나무란다고. 딱 그 짝이군."

뿌드득.

살벌하게 이까지 간 야주 담천의 두 눈은 시커멓게 변했다. 마귀의 눈동자도 이렇게 소름이 끼치진 않을 것이다.

그럼에도 불구하고.

독고월은 추호도 흔들림이 없었다. 오히려 두 눈까지 감았다.

"이제야 세상에 다시없을 악당처럼 보이네. 맘 놓고 잡아 죽일 수 있겠어."

"감히… 본좌를 잡아 죽여?"

세상에 다시 없을 농을 들은 사람처럼 담천은 허리까지 젖히고 웃었다.

감았던 두 눈을 뜬 독고월의 눈동자.

푸른 귀화가 활활 타올랐다.

"…그래야 네놈 때문에 억울하게 죽은 이들이 저승에서 웃기라도 할 거 아니냐?"

第 9 章

第 9 章.

1

-궁금하지 않은가?

천기자가 넌지시 물었었다. 어째서 아무것도 묻지도 않고, 따지지도 않느냐는 듯이.

천기자는 미래라도 궁금해하면 알려주겠다는 듯한 선선한 미소를 띠고 있었다. 청수한 인상이 주는 신뢰감과 어울리지 않는 끈적한 무언가가 느껴졌었기에.

독고월은 뒤도 안 돌아봤다.

-필요 없다.

-어째서?

-들어보나 마나 한 헛소리에 일희일비하기엔 인생이 너무 짧거든.

-헛소리라?

-그래, 미래에 이럴 것이다. 저럴 것이다. 이런 게 헛소
리가 아니면 뭔데?

자신이 예비한 복선에 의해 키워진 독고월이 할 말은 아
니었음에도, 천기자는 무척이나 만족스러운 표정으로 웃
고 있었다.

-그와 다르군. 그러니 하늘이 정한 운명에도 거스를 수
가 있는 거겠지.

-알아 들어먹지 못할 소리는 그쯤하고, 난 초난희 고 계
집애 데려갈 거니까. 그런 줄 알아.

숫제 빚 받으러 온 빚쟁이처럼 구는 태도에도 천기자는
허허롭게 웃을 뿐이었다.

-정말 다르군, 달라.

'그'라는 게 누굴 의미하는지 아직도 모르겠다.

죽은 남궁일을 말하는 건지 아니면, 야주 담천 또 아니
면, 황제를 말하는 건지 불확실하나!

한 가지는 확실했다.

정해진 운명이란 처음부터 없었다는 걸.

그러니까.

독고월은 추호도 두렵지 않았다. 지닌 일신의 무공실력
때문이 아니었다.

애초부터 독고월은 존재하되 존재하지 않는 자였다.

이 강호에 유일무이한 존재.

비단 독고월에게 국한되는 이야기는 아니었다.

죽은 듯이 의식불명에 빠진 초난희도.

눈 빠지게 기다리고 있을 가해월도.

누구보다 올바른 눈과 마음을 가진 모용준경과 서문평도.

큰 상처를 받았을지 모를 순수한 모용설화와 가해월의 환술에 변절한 은야란 무인도.

모두 유일무이한 이들이다.

하다못해 눈앞에서 독고월을 죽일 듯이 검을 내지르는 야주 담천까지!

독고월에겐 눈이 부시다 못해 황홀할 정도로 빛나던 존재들이었는데, 이젠 그 자신 또한 이 강호에 유일무이하게 됐다.

퍼어억!

"쿠엑!"

돌주먹이 복부에 꽂히자, 담천은 치밀어오르는 헛구역질을 참아냈다. 독고월이 월광도를 내지르는 대신 아무렇지 않게 주먹을 휘둘렀는데, 거짓말처럼 복부에 꽂힌 것이다.

그냥 장난하듯이 내지른 듯한 공격이었는데, 야주 담천은 비칠거리며 물러나고 있다.

"이, 이게 대체?"

받은 충격이 큰 게 물리적인 건지 정신적인 건지 모를 정도로 경황이 없는 표정이다.

독고월은 싱긋 웃고는, 땅에 디딘 양발에 힘을 힘차게 주었다.

주르륵!

발힘에 의해 땅이 밀리며 흙먼지가 일었다.

순간 질풍처럼 스쳐 지나가는 잔상.

담천은 가까스로 고개를 젖히다 못해, 허리까지 젖혔다.

피잉!

그 빈자리를 꿰뚫는 날카로운 송곳은 한 줄기의 섬전과 닮았다.

야주 담천의 눈빛이 가볍게 떨렸다.

어떻게? 란 의문이 머릿속을 그득 메웠지만, 지금은 생각하는 것도 사치였다.

어떻게든 질풍노도처럼 들이쳐오는 독고월의 공격을 막아내야 했으니까.

퍼버버버버벅!

온몸을 가로지르는 둔중한 격타음이 터져 나왔다.

미친 듯이 방어를 했던 담천의 손바닥은 빨갛게 변하다 못해 푸르뎅뎅해졌다.

딱!

조금의 여유도 두지 않고, 독고월의 족도가 담천의 발목을 후려쳤다.

호쾌하게 넘어간 담천의 신형, 그 중간지점을 꿰뚫는 또 다른 섬전!

피잉!

다행스럽게도 담천은 양손을 들어 막아냈다.

빠아악—!

경쾌한 격타 음이 터져 나오는 동시에 담천의 신형이 뒤로 쏘아졌다. 노회한 고수답게 가해진 힘에 순응해 충격을 해소한 것이다. 독고월의 공격범위에서 벗어나려는 눈물겨운 노력이겠다.

하지만.

우르릉, 쾅!

독고월의 섬전행은 이를 허락하지 않았다.

대성을 이룬 섬전행은 그야말로 악몽이었다.

피잉!

"하압!"

야주 담천은 필사적으로 보법을 밟아 볼살을 가로지르는 돌주먹을 피해냈지만.

독고월이 가한 공격은 직선만 있는 게 아니었다.

벼락이 힘차게 뻗어내는 줄기가 예측하기 어려운 궤적

을 지닌 것처럼, 불규칙한 궤적을 미친 듯이 그려냈다. 이 단순한 육탄공세에 육도낙월의 정수가 모조리 담겨 있었다.

쩌저저저정—!

담천의 육신에 지울 수 없는 흉터를 새기려 했다.

휘날린 수염이 채 가라앉기도 전에, 담천의 육신이 흐릿해졌다.

이형환위!

담천도 경공술을 극성으로 펼쳤다. 겨우 독고월이 그린 궤적을 벗어날 수 있었다.

"크윽!"

초절정이란 이름이 부족한 절대지경에 이른 초고수가 침음을 흘리다니.

우우우우우!

담천은 음울한 장소성과 함께 쌍장을 떨쳤다. 분위기 반전을 꾀하려는 것이다.

일진광풍이 몰아칠 정도로 어마어마한 장법.

"수라마장(修羅魔掌)!"

친절하게 장법 이름까지 외쳐준 담천이었다.

수라마장은 마교의 교주만 익힌다는 독문장법이었는데, 당대에 이르러서는 실전된 걸로 알려졌었다.

온 세상을 핏빛으로 물들인다는 소문처럼, 독고월이 서

있는 대지와 하늘을 뻘겋게 물들였다. 한 시라도 지체하면 수라마장에 의해 전신이 터져 죽을 것이다.

실전된 무시무시한 장법의 이름을 외쳐, 찰나의 시간을 벌려는 야주 담천의 얄팍한 속내에도.

독고월은 추호도 흔들리지 않았다.

파앙!

오히려 섬전행을 써 정면으로 돌파하는 중이었다.

야주 담천의 안색이 일그러졌다.

우르르르—

섬전행만 펼친 게 아니었는지, 핏빛 권역이 흐려졌다. 어느새 휘둘린 월광도에 담긴 휘황찬란한 검강 때문이다.

제오도 섬월!

독고월은 섬전행으로 돌파하는 동시에 섬월로 수라마장의 여력을 해소시켰다. 그리고 물러서서 다음 검초식을 준비하는 담천의 앞에 내려섰다.

"파천구검은 이미 봤는데?"

밑천이 떨어지지 않았냐는 거다.

태산처럼 버티고 선 독고월에 담천의 허연 수염이 부르르 떨렸다.

"어떻게 제압해야 할지 감이 안 잡히지?"

"뭐라?"

"글렀군."

독고월이 입가에 그린 듯한 조소를 그렸다.

담천은 참을 수 없는 치욕을 느꼈지만, 상대의 말은 사실이었다.

"용이라도 써보지."

"……!"

"비장의 한 수 하나쯤은 있을 거 아냐? 아끼다 똥 되게 하지 말고, 써보라고."

독고월의 도발에 담천은 머릿속이 하얘질 정도로 분노했다. 눈앞마저 흐릿해진 담천이 낮게 웃었다. 그건 마치 상처 입은 야수의 그르렁거림과 똑 닮았다.

"후회하게 될 거다."

수라역혈대법.

시전자의 잠력을 폭발시켜 서너 배 이상은 강하게 해준다는 비전 중의 비전이었다. 마교주들만 익히고 있다는 절대적인 심공인데.

독고월은 이 마공을 야주 담천이 익히고 있다 해도 조금도 놀랍지 않았다.

"크아아아아!"

두 눈이 검붉게 변한 담천은 마치 아수라와 같았다. 뿜어내는 기세는 천지를 뒤덮을 정도였다. 한데 여기서 끝이 아니었다.

품속을 뒤진 담천이 흉측하게 웃었다.

독고월은 그가 꺼내 든 걸 보면서 되물었다.

"화신단까지?"

"본좌가 말했을 것이다. 후회하게 될 거라고."

한 치의 주저함도 없이 입안에 화신단을 털어 넣은 담천.

꿀꺽.

화신단이 목울대를 타고 넘어갔다.

우드드득, 우드득!

곧 근육과 뼈가 어그러지는 소리가 들려왔다.

독고월은 그 부자연스러운 끔찍한 파육음에 고개를 갸웃거렸다.

"희한하군."

"흐흐흐."

낮게 웃은 담천의 육신이 터질 듯이 부풀어 올랐다. 근육섬유 하나하나에 그득 담긴 엄청난 내공이 원인이었다. 담천은 단전에 담기조차 버거울 정도로 휘몰아치는 내공을 전신으로 보냈다.

그 덕분에 종전보다 곱절은 커진 듯한 담천이었다.

물론 사람의 몸이 그렇게 획기적으로 커지지는 않았지만, 독고월의 눈엔 확실히 담천이 가진 위압감이 크게 불어났음을 느꼈다.

줄기차게 뻗어져 나오는 어마어마한 기운, 피어오르다 못해 끓어오르는 열기를 전신에 담은 담천은 그야말로 사라진 축융가에 전해져 온다는.

화신(火神).

그 자체였다.

화르르르르!

뻗쳐오는 극양지기에 의해 독고월의 검미가 살짝 찌푸려졌다.

구구구구궁!

침묵했던 하늘과 땅이 이젠 공포로 울부짖었다.

쿠웅, 쿠웅!

야주 담천이 한 발을 디딜 때마다 뻗쳐오르는 기세는 마치 용이 욱일승천하는 것만 같았다.

하늘 아래 존재하는 모든 것이 무릎 꿇고 경배할 정도로 담천이 가진 존재감은 압도적이었다.

"네놈은 본좌를 너무 우습게 봤다."

목소리에 실린 묘한 공명음이 주는 위압감도 대단하다. 내공을 실은 그 목소리는 듣는 것만으로도 속이 울렁거릴 정도였다.

독고월은 조소를 머금었다.

"마치 신이라도 된 듯이 구는군."

"지금이라도 용서를 빌면."

"빌면?"

"곱게 죽여주마."

"하하!"

독고월이 낭랑한 웃음을 터트렸다. 세상에 다시 없을 농을 들은 사람처럼 웃더니, 아예 혀까지 찼다.

"쯧쯧. 하여튼 힘 좀 있다 싶으면, 그걸 쓰고 싶어 안달이지."

"네놈 또한 다를 것 같으냐—!"

천지가 개벽하는 듯한 일성에 독고월은 미간을 찌푸렸다. 먹먹해진 귀를 손가락으로 파는 시늉까지 했다.

"거, 노인네 목청하곤. 목소리 큰 놈이 뻗대는 곳이 세상살이라지만, 난 다르지."

"뭐가 말이냐?"

"어린애들 앞에서 힘자랑하기엔 내 격이 너무 높단 이야기다. 그냥 놔둬도 될 것을. 뭐 그리 힘자랑하고 싶어서 괜한 분란은 일으키고 지랄이야. 지랄은."

"이노오오오옴—!"

황제를 향한 모욕적인 언사에 담천의 수염이 하늘 위로 곤두섰다.

뻐어어엉!

격노의 포효와 함께 내달린 담천이 독고월을 있는 힘껏 걷어찼다. 아니, 그렇게 보였다.

걷어차인 줄 알았던 독고월은 이미 한발 빠르게 물러난 뒤다. 잠시만 지체했어도 저 앞에 깊숙이 패인 땅처럼 독고월의 뱃가죽은 터졌을지도 몰랐다.

"크아아아!"

퍼퍼퍼퍼퍼펑!

광기로 무장한 담천이 수라마장을 미친 듯이 퍼부었다. 주체할 수 없는 힘을 있는 대로 쏟아부은 탓에 위력도 위력이지만, 피할 수 있는 방위를 모두 점했다.

쥐새끼처럼 피하는 독고월을 어떻게든 잡으려는 것이다.

하지만 독고월에겐 섬전행이 있었다. 이형환위라는 말보다 더 어울리는 단어가 있었으면 할 정도로, 독고월의 신형은 동에 번쩍, 서에 번쩍.

그야말로 신출귀행이었다.

콰콰콰콰쾅!

땅거죽이 터지고, 연쇄적으로 폭발해도 그 안에 독고월 육신의 파편은 없었다.

담천은 검까지 빼들어 파천구검을 펼쳤다.

일검에 땅이 뒤집히고, 하늘이 무너지는 건 아닌가 싶을 정도의 위력은 종전과 비교를 불허했다.

위력과 속도가 달라져서 독고월의 안색마저 살짝 변할 정도였는데.

휘아아아아악!

담천의 검이 독고월이 금방 있던 자리의 공간을 찢어발겼다. 순간 그곳에 공백이 생긴 건 아닌가 싶을 정도의 착시가 생길 정도로, 담천의 공격은 무시무시했다.

"제기랄!"

거칠게 욕설을 뱉은 담천이 발을 굴렀다.

이번에도 빗나간 것이다.

쥐새끼처럼 요리조리 피하는 놈을 도저히 잡을 방법이 없었다.

분명 담천이 펼친 공격들은 막는 건 물론, 피하는 것조차 불가능한 것이어야 했다. 펼친 담천조차 피할 자신이 없는 공격이었으니까.

한데 저놈은 섬전행이란 경공술로 피해냈다.

야주 담천인 자신이 할 수 없는 걸 해냈다는 소리인데.

도저히 인정할 수 없었다.

"본좌는 무신이 됐단 말이다—!"

쩌렁쩌렁 울려 퍼지는 포효에 담긴 오만함에 하늘 위에 선 독고월이 웃었다.

"이거 웃긴 놈일세."

"네놈……!"

능공허도(凌空虛渡).

극상승의 경공술을 펼쳐 유유히 피해 있었다. 그 모습이 너무 눈꼴 시렸다.

빠드득.

담천은 이를 소리 나게 갈았다. 검병을 부숴버릴 듯이 말아쥐었다.

부르르.

담천이 양손으로 검을 쥐자, 검날마저 떨렸다.

독고월도 심상치 않은 기의 움직임을 포착하고, 월광도를 들었다.

"슬슬 끝을 봐야겠지. 내력의 우위만으론 초고수의 싸움에 큰 의미가 없음을 깨달았을 테고. 파천구검도 생각보다 별로고."

"시건방진 놈."

파천구검을 펼칠 생각이었던 담천이 씹어뱉듯이 말했다.

이미 견식했다는 놈의 말이 보인 자신감을 갈아엎어 버릴 마지막 수단.

파천구검을 대성한 이에게 허락한다는 공전절후한 초식.

파천십검이 남았다.

담천이 수라역혈대법에 화신단까지 먹어서야 펼칠 엄두

가 겨우 난 그 공전절후한 최후의 초식은, 어마어마한 내공을 요구했다. 그랬기에 담천은 혼신의 힘을 다해 펼쳐야만 했다.

"어디 한 번, 별 볼 일 없다는 본좌의 파천구검을 받아내 보아라. 그럼 인정해주마."

탁.

눈에 보이는 도발에 독고월은 땅에 내려섰다.

"소용없다는데도?"

"길고 짧은 건 대봐야 알지 않겠나? 왜 겁나는가?"

독고월의 눈매가 가늘어졌다. 음흉한 꿍꿍이를 알지만, 저토록 자신하는 바가 뭔지 궁금한 탓이다.

"좋아, 받아주지."

독고월의 대답을 들은 담천이 속으로 쾌재를 불렀다.

놈은 이제 죽은 거나 진배없었다.

2

파천십검(破天十劍).

또 다른 이름으로 지옥겁화(地獄劫火)라 불리는 전무후무한 초식이다.

담천은 푸들거리며 웃었다. 이 초식의 기수식을 취한 것만으로 내공의 절반이 쏙 빠져나갔다.

구구구구구구구.

대기가 떨리고, 그 아래 존재하는 모든 생명이 절규했다.

사람이 있었다면 아비규환이 될 정도로 담천이 내뿜는 기세는 전율마저 느끼게 한다.

설마 이 정도였나.

폭풍우가 몰아치는 대해 위의 돛단배나 다름없는 신세가 된 독고월.

"……."

지금 담천은 수천 발의 진천뢰를 담은 화약고와 같았다.

건드리면 터진다.

그리고 그 폭발력은 짐작하건대, 이곳은 물론이거니와 그리 멀지 않은 곳에 있을 가해월과 화전민촌 사람들에게까지 피해를 미칠 것 같았다.

아니, 미치는 정도가 아니었다.

이대로 담천이 최후의 초식을 떨쳐내면 반드시 라고 해도 좋을 정도로 큰 피해를 본다.

가해월이야 그렇다 치더라고, 무공을 익히지 않은 사람들과 의식불명에 빠진 초난희는 무사하지 못할 것이다.

아마도 죽음이겠지.

독고월은 가볍게 혀를 찼다. 여유를 부린 대가가 꽤 컸지만, 표정엔 한 점의 그늘도 없었다. 남 일이라고 여겨서가 아니었다. 방법이 있어서다.

휘익!

표홀히 날린 신형에 담천의 눈빛이 차갑게 빛났다.

"이놈, 피하기엔 늦었다. 네놈의 자만이 죽음을 부를 것이니."

획!

기혈이 역류하는 와중에도, 피묻은 이를 드러낸 담천이 땅을 박찼다.

보란 듯이 하늘 위에 선 독고월을 향해 날아가며 파천십검을 펼칠 요량이었다.

"하아아압!"

담천이 막 독고월을 향해 파천십검을 펼치려는 순간.

독고월의 신형이 사라졌다. 눈으로 좇을 수 없는 신형이 사라지는 순간, 담천은 기함해야 마땅했다. 펼친 초식을 거두는 건 불가능했으므로.

하지만.

"내 그럴 줄 알았다!"

이미 독고월의 얕은 계략임을 눈치챈 담천이 허초를 펼친 것이다. 그걸 증명이라도 하듯이 그의 터질 듯이 부풀어 오른 기의 폭풍은 여전했다.

그리고 백 년을 훌쩍 넘은 담천의 기감이, 본능이 말해 줬다.

바로 저 밑에 놈이 있다고!

담천이 포효했다.

"이번엔 결코, 무사하지 못할 것이다! 네놈이 디딘 대지조차도!"

그러면서 떨어진 최후의 초식, 파천십검!

지옥겁화가 하늘 위에서 강림했다.

땅위에 두 발을 디디고 선 독고월을 향해서.

스윽.

월광도를 사선으로 길게 늘어트린 독고월의 두 눈이 감겼다.

그 모습에 담천이 비웃었다. 포기했다 여기는 것이다.

끝내고자 했으면 진즉 끝낼 수 있었던 독고월이었다.

그런데도 담천의 파천십검까지 본 이유는 간단했다.

공전절후한 초식.

육도낙월의 그 마지막 육도 폐월도!

지옥겁화가 몰고 온 뜨거운 바람에도 독고월은 오롯이 서 있었다.

찰나란 말이 부족할 정도로 짧은 시간.

독고월의 감은 두 눈이 번쩍 뜨였다. 푸른 귀화가 활활 타오르는 눈동자가 웃고 있었다.

독고월이 준비한 한 수는 육도낙월의 마지막 초식.

육도낙월(六刀落月).

제육도 폐월도(廢月刀).

과거의 독고월이었다면, 선천진기까지 전부 고갈될 정
도로, 동귀어진의 한 수인 죽음의 초식이었다.

독고월은 더이상 과거의 그가 아니었다.

두 번의 탈태환골로 인하여 하단전부터 중단전, 상단전
까지 열린 그에게 더이상 내공의 총량은 무의미했다.

전신을 끓어오르는 이 활력 넘치는 힘은 폐월도를 펼치
고도 남게 해줬다.

마지막 걸림돌은 이걸 이곳에서 펼쳐도 될까? 와 같은
일말의 주저함뿐!

한데 담천은 저 하늘 위에 떠있었다.

그러니 폐월도를 쓰는 데 주저함 따윈 떨쳐버렸다.

오히려 간절히 바랐다.

천구패도 쓰지 못했다는 육도낙월의 공전절후한 초식,
제육도 폐월을 써보고 싶었으니까.

그리고 지금 이 순간!

스아아아아악!

저 하늘 위에 내려꽂히는 담천을 향해 월광도가 빛을 번
쩍였다.

우르르르르르—!

천지가 개벽할 듯이 요동쳐댔다. 마음속의 세상이 무너
져내릴 정도로, 그 엄청난 위력이 한점으로 집중됐다.

극점의 극점으로 집중된 폐월도.

"아, 아니이이잇—!"

두 눈꼬리가 찢어질 정도로 부릅뜬 담천, 검붉은 눈동자가 뛰어나올 것만 같았다. 독고월이 펼친 초식에서 느껴지는 범접할 수 없는 위압감 때문이었다.

지옥겁화라 불리는 파천십검이 초라하게 느껴질 정도로 전율스러운 초식이라니!

담천은 자신이 펼친 지옥겁화가 바람 아니, 태풍 앞의 촛불처럼 훅! 꺼지는 걸 두 눈 뜨고 지켜봤다.

지옥겁화라는 말이 무색했다.

"마, 말도 안 돼!"

덜덜 떨면서 흘린 말 속에 담긴 지독한 불신.

순간 담천은 독고월이 펼친 그 초식이 뭔지 깨달았다.

전대기인으로 불렸던 천구패의 독문무공.

육도낙월.

설마 이런 말도 안 되는 무공이 존재할 줄이야. 차라리 자신이 저 육도낙월을 취했다면 어땠을까 하고 후회마저 되었다.

하지만 담천은 죽었다 깨나도 모를 것이다.

무공이 강한 건 어떤 무공이어서 강한 게 아니고, 그걸 쓰는 사람이 어떤 사람이냐에 따라 고하가 나뉜다는 걸.

저잣거리에 널린 검도 그걸 쓰는 사람이 누구냐에 따라

전가의 보도가 되거나, 평범한 철검이 되는 것처럼 말이
다.

물론 지금 독고월이 펼친 육도낙월은 평범한 무공이 아
니었다. 이 세상을 암흑으로 물들이고도 남을 무시무시한
위력을 지닌 공전절후한 무공이겠다. 그리고 담천이 익힌
파천십겹 또한 그랬고.

말인즉슨.

폐월도에 일시에 쓸려나가 육신은 물론, 티끌조차 남기
지 못한 담천보다 독고월이 더욱 뛰어나다는 결론이었다.

월광도를 사선으로 그어냈던 독고월이 자세를 바로 했
다.

단말마의 비명조차 남기지 못한 야주 담천이 있던 허공
이 진한 울림을 전한다.

꽈르르르릉.

귓전을 두들기다 못해 가슴을 울리는 폐월도의 여파를
느끼며 등을 돌렸다. 허리춤에 월광도를 패용한 독고월이
피식 웃었다.

"무신이라더니 싱겁네."

-도의 극의에 다다르면 칼질 두 번 할 것도 없다. 한 번
이면 족하지!

새삼 천구패 선배가 남긴 비급에 남긴 글귀가 떠올랐다.

이제 남은 것도 하나다.

3

"헉, 헉!"

숨소리가 흐트러진 은야의 옷은 넝마가 된 지 오래다.
붉은 혈흔이 옷 곳곳에 배여 있었다. 얼마나 심한 고초를
겪었는지 보여줬다.

그럼에도 은야는 멈추지 않았다.

휘악!

목을 노리고 날아온 갈퀴에 몸을 날렸고.

쉬쉬쉬쉬쉭!

기다렸다는 듯이 들이닥친 소낙비처럼 쏟아지는 암기세
례를 검막으로 받아냈다.

따다다다다땅!

콩 볶는 소리가 이어질수록 연검에 서린 검강은 옅어졌
다.

"흐윽!"

순간 등줄기를 스쳐 지나가는 시퍼런 검날!

검야가 은야의 등을 갈라온 것이다.

기민한 그녀의 감각이 미리 알려주지 않았다면, 베인 건

살가죽이 아니라 척추였을 것이다.

데굴데굴!

나려타곤을 펼쳐 겨우 피해낸 은야를 비웃는 다섯 인영.

환상미라진에 영향을 받는 와중이라 초점이 엉뚱한 데 있었지만, 그들의 초감각은 정확하게 은야를 잡아내는 중이었다.

만약 가해월의 환상미라진이 아니었다면 은야는 진즉 이들에게 목을 내줬을 거다.

하지만 이제 그 환상미라진이 효력을 다하고 있는 중이었다.

이미 상전벽해의 변화에 익숙해진 그들도 그들이지만, 그 진을 유지하는 시전자 가해월의 내력도 슬슬 바닥을 쳤다. 자그마치 초절정 고수 다섯을 제법 붙잡아둔 환상미라진에 들어가는 내공은 상상을 초월했다.

"쿨럭, 쿨럭!"

진 밖에서 파리한 안색으로 피를 게워내고 있는 가해월만 봐도 알만한 사실이었다. 어떻게든 은야의 목숨을 살리기 위해 환상미라진의 변화를 과도하게 유지한 탓이기도 했다.

"써, 썩을 년… 괜히 시키지도 않은 짓은 왜 해서. 엄한 사람 고생시키고 지랄이야, 지랄은."

눈물겨운 내심과 다르게 욕설부터 내뱉고 보는 가해월이었다.

진에 들어간 은야도, 가해월도 이제 한계였다.

은야의 고군분투로 예까지 버틴 것도 기적이다. 이제는 그 기적에 기대는 것도 요원했다.

주위에서 숨을 죽이고 숨어있을 화전민촌 사람들도 그걸 느꼈을까.

하나 둘 가해월에게 다가왔다.

"어르신! 저, 저, 저희도 도울게요."

곽씨가 잔뜩 억눌린 목소리를 겨우 냈다.

가해월은 피에 젖은 입가로 웃음을 흘렸다.

그럴 거면 품 안에 아기나 놓고 올 것이지.

"방해나 하지 말고 썩 꺼져, 이것아. 네년 놈들 말상대하기도 버거우니까. 어딘 가로 가버리라고 할 땐 징그럽게 말도 안 들더니!"

"어, 어떻게 어르신을 혼자 두고 가요!"

"맞아요, 사람이 낯짝이 있지, 어르신만 놔두고 갈 순 없어요."

"저희도 돕겠습니다!"

곽씨를 비롯한 사람들이 눈물 젖은 눈으로 애원했다.

가해월은 어이구, 두야 소리를 내며 고개를 저었다.

"이제 일 각도 못 버텨 이 망할 것들아. 그냥 가, 그냥 가라고!"

"어르신, 제발 저희가 돕게 해주세요!"

"그래! 누, 누, 누, 누가 관아에 얼른 알려야!"

저 안에 든 괴물들이 어떤 건지나 알고 하는 말일까.

씨알도 안 먹힐 소리에 가해월은 피 섞인 기침을 커헉! 소리와 함께 토해냈다. 단전에서 쭉쭉 빠져나가는 내공을 더는 감당할 여력이 없었다. 사지 백해에 퍼져 있던 사야의 내공을 계속해서 끌어다 썼지만, 상고의 기문진인 환상미라진을 더는 유지 못 하겠다.

기겁한 사람들이 달려왔지만, 가해월은 토해낸 피에 젖은 손을 저었다.

"써, 썩 꺼져! 꺼지라고, 이 도움도 안 되는 잡것들아!"

"어르신!"

곽씨와 사람들은 그 서슬 퍼런 가해월의 폭언에 주춤거렸다.

가해월이 일갈했다.

"왜 이렇게 말을 안 들어! 네년놈들 죽으면 본녀가 발이나 뻗고 자겠느냐고, 네년 놈들 품에 안은 아이들도 생각해야지!"

그 추상같은 호통에 담긴 절절한 걱정을 어찌 모르랴.

"그리고 본녀의 제자 년을 살려줘. 본녀의 제자년 좀 살려달라고 이것들아. 그 불쌍한 년은 제대로 세상도 못 살아본 년이야. 한참 사랑받고 커야 할 때, 저런 인간말종들 때문에 제대로 사랑도 못 받아보고, 그 아름다운 꽃봉오리를 채 피워보기 전에 스스로 목숨까지 끊은 년이라고. 그러니까, 좀 꺼져 이것들아!"

가해월이 흘린 닭똥 같은 눈물이 그제야 먹혔는지, 화전민촌 사람들은 하나둘 물러났다.

하지만 곽씨를 비롯한 이들의 파르르 떨리는 눈동자에 담긴 건 충격과 공포였다.

꽈르르르르르르르—

가슴 속을 뒤흔드는 어마어마한 충격파에 가해월이 소리쳤다.

"엎드려, 이것들아!"

"꺄아아아아악!"

사람들이 일제히 비명을 지르며 엎어졌고.

"쿠에에엑!"

가해월은 피를 쏟으면 그대로 고꾸라졌다.

그리고.

차차차차차차차창!

"아악!"

오야의 합격술에 수세에 몰린 은야가 튕겨 나왔다.

"쿨럭, 쿨럭!"

한바탕 피를 토해낸 은야였지만, 여전히 그들의 앞을 비틀거리며 막아섰다. 전신을 낭자 당한 것처럼 끔찍한 몰골이었음에도 말이다.

낭창낭창했던 연검은 그 효용을 다해 심하게 우그러졌
고, 검을 찬란하게 빛내주던 검강도 사그라지는 중이었다.

"망할 계집년들 때문에 시간을 너무 지체했군."

섬야가 구부렸던 손가락을 피며 싸늘하게 노려봤다.

그 옆으로 지야, 검야, 투야, 각야가 있었다. 그들의 안
색도 과히 좋지 않았다. 화신단으로 말미암아 모든 내력을
소진하고도, 환상미라진에서 심력마저 혹사당한 터다.

부들거리는 그들의 다리만 봐도 알만했다.

하지만 고수는 달리 고수가 아니었다.

그들이 단전에서 있는 대로 쥐어짠 한 줌의 진기로도,
이곳에 자리한 모두를 끝장내고 남을 능력이 있었다.

"이들 모두를 빠르게 처리하고, 야주님께 간다."

잠재적인 우두머리인 검야의 말에 투야가 폭렬강침(爆
裂鋼針)으로 불리는 목갑을 꺼내 들었다.

이 정도면 일거에 쓸어버리고도 남으리라.

콰아아아앙!

목갑이 더 기다릴 것도 없다는 듯이 폭발했다.

슈슈슈슈슈슈슈슈슈슉!

헤아릴 수 없는 엄청난 양의 폭렬강침이 가해월을 비롯
한 모두를 향해 쏘아졌다.

가해월의 거무죽죽한 낯빛에 서린 절망이 전염이라도
되듯이, 모두가 털썩 소리와 함께 주저앉는 그 순간!

한 줄기 미풍이 불어왔다.

휘리리리릭!

그리고 누군가 그들의 앞에서 장포를 휘날리며 내려섰다.

"오, 오셨군요!"

"아, 왜 이제 와!"

은야가 가슴이 벅차 외쳤고, 가해월은 성질머리를 부렸다. 하지만 피로 흥건한 입가엔 미소가 그득했다.

독고월은 뒤도 안 돌아보고 코앞으로 쏟아지는 암기를 마주했다.

그리고 놀라운 장관이 눈앞에 펼쳐졌다.

날아오던 암기들이 공중에 일제히 멈춘 것이다!

후두두두둑.

맹렬하게 쏘아져오던 암기들이 실 끊어진 연처럼 땅에 떨어져 내렸다.

정확히 다섯 개의 강침만 빼고.

눈이 튀어나올 정도로 놀란 투야의 벌어진 입에선 침만 줄줄 흘러나왔다.

나머지 네 명은 말할 것도 없었다.

"원래 주인공은 늦는 법이지."

독고월의 냉소를 마주한 오야는 오금이 저리다 못해 두 다리가 풀려버렸다.

그가 왔다는 게 의미하는 건 단 하나!

야주 담천의 죽음이었으니까.

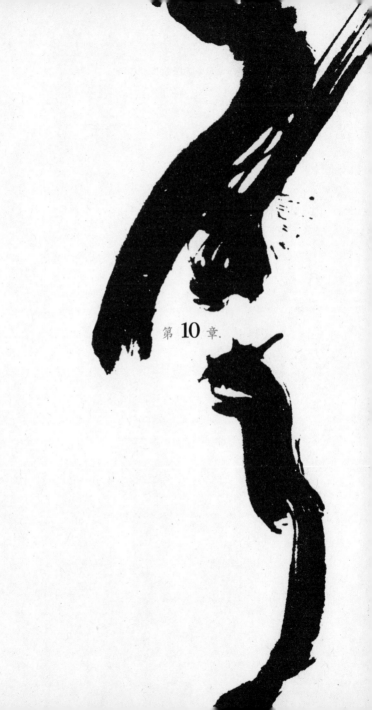

第 **10** 章

第 10 章.

1

결전은 막바지로 치닫고 있었다.

대장전의 결과가 어찌 됐든 간에 마교의 총공세로 이어
질 건 불을 보듯 뻔했다.

무림맹의 안위는 그야말로 풍전등화였다.

최후의 저지선이 무너지는 건 순식간이고, 고수들도 일
거에 쓸려나갈 것이다. 그 정도로 전력의 차이는 대단히
컸다. 마교도들의 어마어마한 군세가 뿌리는 흉흉한 살기
만 봐도 알만했다.

하지만 지켜보는 마교도들의 표정에 서린 건 초조함이
었다.

까가가강―!

찰나지간에 십여 합을 나눈 둘에게서 치열함은 있으나, 절박함은 없었다.

"후우, 후우!"

모용준경의 숨만이 약간 거칠어졌을 뿐이었다.

반면 교주 초무진은 뽑아낸 격렬한 검격과 달리 여유로웠다.

"제법이군. 어리석은 아들놈과 달라도 너무 달라."

"노선배님께서 사정을 봐주신 덕분입니다."

모용준경의 말은 사실이었지만, 그렇다고 초무진이 공격을 허투루 뿌리는 이가 아니었다.

지켜보는 이들마저 바짝 긴장할 정도로 초무진의 공세는 하나하나가 일절이라고 불릴만했다. 마교의 장로들은 물론이거니, 정파의 초고수인 무명자들의 안색마저 어둡게 할 정도였다.

그런데도 모용준경은 버거워하긴 해도 초무진의 공격을 무리 없이 막아냈다. 그게 마교의 장로들을 불편하게 했지만, 그들 모두가 잘 알고 있었다.

초무진이 전력을 다하지 않음을 말이다.

그렇기에 교주가 저리 시간을 끌고 있음에, 불편한 속내마저 드러내는 중이었다.

그 깊은 속내를 어찌 짐작하겠느냐마는, 빨리 모용준경을 죽이고 진격을 해야 하는데, 교주 초무진은 시간을 끌었다. 보기엔 살벌하지만, 선후배 간이 나눌법한 비무나 나누고 있었다.

그것도 장시간에 걸쳐서!

평소 교주의 성격을 잘 아는 그들이었기에 감히 끼어들진 않았으나, 이대로라면 사기에 좋지 않은 영향을 끼칠 게 분명했다.

천하제일이라 믿어 의심치 않은 초절정고수, 교주 초무진이 정파의 새파란 애송이 하나 어쩌지 못하는 건, 결코 보기 좋은 광경이 아니다.

교도들의 얼굴에 점점 서리는 불신과 실망.

그걸 잘 아는 마교의 장로들은 낯빛이 좋지 않았다.

그에 반해 무림맹의 무인들은 손에 땀을 쥐었다.

모용준경이 든든하게 막아내는 모습에서 그들의 가슴속에 진한 울림을 주었다.

소신룡?

아니었다.

이젠 정파의 새로이 등장한 신성(新星)이자 거성(巨星)으로 보였다.

무시무시하기 그지없는 초무진을 상대로 한 치의 밀림도 없지 않은가.

아마 전대 맹주였던 북리천극은 물론이고, 그 이전의 맹주들도 달성할 수 없는 위업이었다.

그렇기에 무림맹의 인사들이 보는 모용준경은 이미 그들의 가슴속과 머릿속에서 큰 자리를 차지하게 됐다.

그리고 이 사실은 제갈현군의 머릿속을 영활하게 만들었다. 이런 절호의 기회를 그가 놓칠 리 만무했다. 만약 이번 비무에서 모용준경이 살아남는다면, 제갈현군은 무림맹을 아예 새로이 개편할 힘을 얻게 될 것이다.

새로이 등장한 초신성과 함께 새 바람이 불 거다!

그렇기에 제갈현군은 모용준경을 애타는 심정으로 바라봤다.

"제발 부탁이니 살아만 돌아와 주게."

그가 흘린 바람에 지켜보는 모두가 동의했다. 무슨 일이 있어도 모용준경만은 살아남아야 했다.

하지만 그들의 바람이 무색하게 초무진과 모용준경이 나누는 대화는 분위기가 점점 달라졌다.

휘악―

내뿜는 검격 또한 종전과 속도와 위력 모두가 달랐다.

까앙!

"크윽."

모용준경은 양손으로 초무진의 검격을 박아냈지만, 슬슬 버겁기 시작했다. 슬슬 한계에 다다른 것이다. 본인(이) 가진 그 이상의 실력을 발휘해 버텨왔다. 줄기차게 보내오던 단전 안의 내력은 이제 그 끝을 보이고 있었다.

그 반면에 초무진은 여전히 쌩쌩했다.

독고월이 전해준 깨달음으로 높은 경지에 오른 모용준경이라도, 긴 세월이 주는 연륜의 차이를 완전히 무시할 순 없었다.

못해도 오 년, 아니 삼 년만 더 수련할 수 있다면, 더 좋은 승부가 되련만.

역시 당대의 마교주는 역대 교주 중 최강이라 불릴 정도의 최강자였다. 실력도 아직 다 보여준 게 아니었다. 최후의 한 수는 모용준경이 아닌 초무진에게만 있는 상황이다.

그 말을 증명이라도 하듯.

"이제 슬슬 끝을 낼 때가 온 듯하군."

"……."

초무진의 느긋한 선언에 모용준경의 눈빛이 어두워졌다.

초무진은 그런 모용준경을 바라보며 아쉽다는 듯이 말했다.

"모용준경, 본좌의 입장에선 많이 기다려줬음을 아는가?"

"네, 알고 있습니다."

"그럼 이제 본좌가 더이상 시간을 지체할 수 없음도 잘 알겠군. 애석한 일이긴 하나, 남궁일 그 친구의 뒤를 잇고도 남을 커다란 재목을 그냥 놔둘 순 없지 않겠나?"

초무진이 자신을 인정하는 발언에 모용준경은 쓰게 웃었다. 듣기 좋은 말이나, 자신에겐 사형선고나 다름이 없었다.

"정파의 마지막 남은 호적수에 대한 예의네. 남길 유언은 있는가?"

"……."

모용준경의 한일자로 굳게 다문 입술은 열릴 줄 몰랐다.

초무진은 참을성 있게 기다렸다. 직접 검을 마주한 초신성이 준 충격적인 실력과 예의 바른 태도가 준 기꺼움이라면, 못 기다려줄 것도 없었다. 모용준경이었기에 가능한 일이었다.

놀랍게도 모용준경의 끝을 누구보다 아쉬워하는 이는 초무진이다.

창공 위로 바람이 불었다.

모용준경은 문득 그 푸른 하늘을 바라봤다.

여기서 끝이라는 게 너무나도 아쉬웠지만, 지금껏 이만큼 버틴 것도 용했다. 도망치고자 하면 그럴 수도 있겠지만, 그건 결코 옳은 방법이 아니었다. 그리고 지금껏 독고월을 기다려준 초무진에 대한 예의도 아니었다.

마교의 교주 초무진.

무인으로서 한 거대한 세력을 이끄는 수장으로서 조금

도 부족함이 없는 거인이었다.

그러니 아무리 적이라도 지킬 건 지켜야 한다.

최소한의 예의라도 말이다.

초무진이 보여준 예우처럼 자신 또한 그러해야 했다.

문득 보고 싶은 얼굴들이 주마등처럼 떠올랐다. 고개만
돌려도 볼 수가 있는데, 그러지 않았다. 그랬다간 마음이
약해질 것 같았다.

만감이 교차했다가 담담해진 모용준경의 얼굴을 본 초
무진이 재촉까지 했다.

"정말 없는가?"

"……."

"아쉽지만, 담백한 면도 나쁘지 않군."

그래서 아까운 마음이 더욱 강하게 들었다.

마침 모용준경의 입술이 떼졌다.

"…있습니다."

"뭔가? 설마 살려달라는 말은 아니겠지?"

만약 그런 말이라면 너무 큰 실망을 할 것만 같았다. 초
무진은 부디 이 대단한 청년의 입에서 그런 말을 듣지 않
길 바랐다.

무인이면 무인답게!

최후를 맞이한다.

그게 초무진이 지닌 절대적인 가치관이었다.

다행스럽게도 모용준경의 입에서 나온 이야기는 정말 뜻밖이었다.

"제 목에 대한 대가로 감히 요구합니다."

"그게 뭔가?"

"이 각만 진군을 늦춰주십시오."

"이미 많은 시간을 끌었네. 그럴 수 없지만 들어는 보지. 어째서인가?"

초무진의 되물음에 모용준경은 검병을 꽉 말아쥐었다.

"성내 남은 여인들과 아이들만이라도 퇴각할 시간을 벌기 위해서입니다."

"허허, 이 와중에도 남을 생각하는가?"

"아닙니다, 아주 이기적인 부탁이지요."

모용준경이 살아남길 바라는 이들이라고 했지만, 마음속에서 차지하는 비중은 당연히 동생인 모용설화와 동고동락하며 지내왔던 서문평이 더 컸다.

"저도 팔이 안으로 굽는 사람이니까요."

가문을 부흥시키려 친우를 배반했던 자신의 아버지처럼.

모용준경은 서글프게 웃었다. 새삼 대협이란 두 글자가 전하는 진한 무게감이 느껴졌다. 언감생심 꿈도 못 꿀 그를 떠올려봤다.

"그럼 잘 가게나."

초무진은 아쉬움을 뒤로하고, 최후의 일격을 가하기 위해 진기를 끌어올렸다. 지금까지와 차원이 다른 막대한 진기가 내부에서 불타올랐다.

활활.

타오르는 거악을 마주한 기분에 모용준경은 조용히 검을 들어 올렸다.

수라역혈대법.

교주 초무진은 단숨에 모용준경을 치고, 그 여세를 모아 성문은 물론, 제갈현군까지 몰아칠 작정이었다.

적장의 목을 잘라 속전속결로 끝내려는 뜻이다.

그 내심을 짐작한 모용준경은 쓰게 웃었다.

"일 각."

"……!"

"일 각만 허용하겠네."

순간 모용준경은 자신이 잘 못 들은 줄 알았다.

후아아앙!

하지만 초무진은 그리 말한 뒤, 어마어마한 검격을 휘둘렀다. 모용준경을 일도양단하고도 성문마저 박살 내버릴 위력이 담겨 있었다.

까아아앙—!

최후를 기다리는 모용준경의 감긴 두 눈이 불거졌다.

귀청을 먹먹하게 만드는 것도 모자라, 가슴 속까지 먹먹하게 만드는 천둥소리가 뒤이어 터져 나와서다.

우르릉, 쾅!

"형님!"

2

파르르 떨리는 긴 속눈썹.

그 사이에 자리한 봉목이 격정으로 일렁이고 있었다.

뭐라고 목놓아 소리치고 싶었지만, 머릿속에 수없이 떠오르는 복잡한 상념들에 그럴 수가 없었다.

그런 그녀, 모용설화 대신 다른 이가 목놓아 불러 젖혔다.

"형님―!"

마른하늘에서 날벼락이 내리꽂힌 자리를 본 서문평의 두 눈에선 눈물만이 하염없이 흘러나왔다. 당장에라도 뛰쳐나갈 듯이 굴었다. 무명자들이 막지 않았다면, 서문평은 뒤도 돌아보지 않고 달려가 안겼을 것이다.

마교도들의 살벌한 기도는 아직 이곳이 전장임을 상기시켜줬다.

그리고 초무진에게서 풍겨오는 무시무시한 살기는 그 누구의 접근도 불허했다.

오직 독고월 만이 자리할 수 있었다.

털썩.

그의 뒤에 선 모용준경은 무릎을 꿇었다. 진이 빠지다
못해 긴장감마저 풀린 탓이다.

"좀 늦으셨습니다. 하마터면 시체조차 못 남길 뻔했습
니다."

"수고했다."

모용준경의 보기 드문 넉살에 독고월은 보기만 해도 흐
뭇한 미소를 그렸다.

그 미소를 마주한 초무진의 눈썹이 역팔자로 휘었다.

"그 여유가 마음에 들지 않는군."

"……."

독고월은 지금까지와 달리 말없이 초무진을 바라봤다.

깊은 눈빛이 인상적인 마교주 초무진은 북리천극이나
야주 담천과는 전혀 다른 위인이었다.

북리천극보다 배는 강하고, 담천보다는 배는 약하나 가
진 그릇은 그 둘보다 컸다.

한 마디로 거인이었다.

마치 뒤에 있는 모용준경처럼 말이다.

해서 독고월은 생전 처음으로 포권을 취했다.

독고월을 아는 모용준경을 비롯한 모든 이가 경악했다.
이어진 독고월의 말투는 자신들이 잘 못들은 건 아닌지 의
심마저 들게 했다.

"수많은 의문에도 불구하고, 다 이긴 싸움임에도 기다려준 점, 고맙게 생각하오."

"……"

그 정중한 어투에 서문평은 손을 들어 제 뺨을 있는 힘껏 때렸고, 모용준경은 두 눈을 계속해서 비볐다. 그러고는 독고월의 등을 뚫어지게 노려봤다.

딴 사람이 아닌가 싶은 거지.

모용설화는 처음으로 보는 그의 모습에서 말 못할 그리움을 느꼈다. 그 그리움은 독고월을 향한 게 아니었다. 그녀가 숙부라고 부르며 따랐던 죽은 남궁일이었다.

그 누구보다 복잡한 속내를 가진 모용설화를 뒤로한 독고월은 대답없는 초무진을 보았다.

초무진 또한 독고월을 바라봤다.

일생일대의 호적수를 보는 기분이겠지.

독고월은 매서운 눈빛으로 그를 쏘아봤다. 지금까지와 다르게 눈빛만 변했을 뿐인데, 초무진은 움찔거렸다.

하지만 곧 깨달았다. 그가 보는 건 자신이 아니라, 등 뒤에서 대기하고 있는 비강시 오십 기라는 걸.

그때였다.

캬아아아—

인세에 다시 없을 마물들이 일제히 날아올랐다.

딸랑딸랑!

300

본능적으로 교주 초무진의 위기를 알아챈 강시곡의 곡주 임정이 흔든 방울이 원인이었다.

파앙!

그리고 땅을 박찬 독고월이 날아오른 비강시를 향해 쏘아졌다.

그 허리춤에서 월광도가 휘황찬란하게 번뜩이는 순간!

육도낙월.

제오도 섬월이 쏜살같이 날아오는 비강시들을 향해 궤적을 그렸다.

쩌저저저저저적—!

귀청을 찢다 못해 공간을 찢어발기는 듯한 소름 끼치는 소리가 터져 나왔다.

지켜보던 이들이 모두 귀를 틀어막을 정도였다.

월광도가 토해낸 벼락 줄기에 비강시 오십 기가 모두 걸려들었다.

"캬아아아악!"

"키이이이익!"

"끼에에엑!"

폐부를 쥐어짜는 괴성에 담긴 건 흉흉한 살기가 아니었다. 두려움과 공포였다.

놀랍게도 이미 시체나 다름없는 마물들마저 제 최후에 단말마를 내지른 것이다.

털썩.

강시곡주 임정이 선 채로 오줌을 지렸다.

초무진의 흔들리는 눈동자에 아로새긴 새겨진 벼락의 궤적.

마교도들은 두려움에 빌빌 떨고 말았다. 그 벼락이 그린 궤적에 있던 비강시 오십 기가 그대로 오체분시가 되어 떨어져 내리고 있어서다.

후두두두둑.

형체를 알아볼 수 없을 정도로 엉망이 된 비강시들의 육편.

초절정 고수들도 상대한다는 마교의 비밀병기란 말이 무색하게, 일거에 쓸려나간 것이다. 이렇다 할 저항도 못하고.

"으, 으으."

이미 거점을 점령하며 비강시들의 위용을 확인했던 마교도들이었기에, 주춤거리며 물러섰다.

하지만 여기서 끝이 아니었다.

독고월이 하늘을 박찼다.

우르릉, 쾅!

마른하늘의 날벼락치는 소리와 함께 사라진 독고월의 신형이 나타난 곳은 마교도들이 군집한 후방지역이었다.

그곳엔 아주 은밀하게 숨겨져 있던 비강시 오십 기가 있

302

었다.

이미 비강시 오십 기는 도착해있었다. 무림맹이 아닌 또 다른 적을 속이기 위해 남겨둔 복병이겠다.

강호에서 살아남으려면 실력의 삼 푼은 숨기라는 격언처럼.

마교는 정체 모를 적을 견제하고도 남을 복병을 이렇게 준비했다. 혹시라도 맞을 뒤통수를 단숨에 만회하고도 남을 정도로.

"안돼에에에!"

강시곡주 임정이 필사적으로 경공술을 펼치며 내지른 외침이 들려왔다.

딸랑, 딸랑!

자발 맞은 방울 소리가 들려오고, 깨어난 비강시들이 흉흉한 눈빛으로 독고월을 노려보았지만.

이미 늦었다.

스아아아아악!

독고월의 월광도가 멋들어지게 그린 궤적이 비강시 모두를 꿰뚫어버리고 있었다.

쩌저저저저정—!

앞서 펼쳤던 벼락 줄기보다 더한 위력이 담긴 섬월에 비강시들은 강호에 그 흉명을 채 떨쳐보지도 못하고, 그대로 찢겨나갔다.

독고월은 그 여세를 몰아 뒤에서 지팡이에 담은 전력을 담아 찍어오는 임정을 맞이했다.

이미 이성을 상실한 임정의 눈빛은 자식을 잃은 부모와 같았다. 뒤도 안 돌아보고 달려드는 눈빛에서 진한 상실감이 느껴졌다.

하지만.

쫘아아악!

독고월은 가볍게 내리그었다. 임정의 머리끝부터 사타구니까지.

떼구르르, 턱, 턱!

그대로 일도양단 된 임정의 지팡이가 바닥에 굴러떨어졌고, 두 개가 된 육신이 그걸 덮다 못해 피로 내까지 이뤘다.

차차차차창!

다시 없을 끔찍한 광경에 그제야 정신을 차린 마교도들이 일제히 독고월을 향해 창검을 치켜세웠다.

광분한 그들의 눈빛엔 두려움보다 죽일 듯한 분노가 자리했다.

교주 초무진의 명이 떨어지기도 전에 모두가 독고월을 향해 달려들려는 찰나!

독고월은 시기적절하게 전신의 힘을 개방했다.

줄곧 가둬두었던.

이 강호의 위인들 앞에서 단 한 번도 드러내 보인 적 없던!

후와아아아아앙!

폭풍 같은 내력이 독고월을 기점으로 몰아치더니, 급기야 뻗쳐 나가기 시작했다.

터어어엉—!

일시적인 진공상태가 찾아왔다.

하지만 여기서 끝이 아니었다.

우드드드드드드.

독고월이 굳건히 디디고 선 대지가 지진이라도 난 것처럼 요동치기 시작했다.

대지 위로 금이 쩌쩌적— 새겨졌고, 폭풍이 몰아쳤다.

대격변이라도 일어난 것처럼 이곳은 아수라장이 되었다.

챙그랑.

저도 모르게 병장기를 땅에 떨어트리고.

털썩.

두 다리에 힘이 풀려 주저앉는 덴 피아(彼我)를 가리지 않았다.

그리고 그 가운데서 표홀히 우뚝 선.

오롯이 존재하는 유일무이한 독고월이 군웅을 내려다보았을 때.

이곳에 존재하는 모든 이가 숨을 죽였다.

그야말로 무신(武神) 아니, 천신(天神)이라고 해도 아깝지 않을 엄청난 위용이었다.

⚜️

꽈드드득!

꽉 쥔 살점이 찢어지고, 뼈가 으스러지는 소리가 났다.

사생결단의 각오를 다지는 것이다.

난생처음으로 다져본 정신력임에도 초무진은 검을 들수조차 없었다.

싸우기도 전에 패배한다는 기분이 어떤 건지 깨달은 건, 비단 그뿐만이 아니었다.

이 자리에 존재하는 모두였다.

뒤로 따로 빼돌린 비강시 오십 기까지 포함해 백 기 모두를 단 두 번의 칼질로 모조리 박살 낸 엄청난 실력과 천지를 뒤흔드는 존재감이라니.

그 누구도 그의 앞에선 새 발의 피였다.

숫제 괴물이었다.

기도만으로 만인을 굴복시키는 힘이라니!

천신(天神)이라는 말이 모두의 머릿속에 절로 떠올랐다.

길고 짧은 건 대봐야 아는 거라고 수없이 되뇌어 보지

만, 이미 몸과 마음은 전의를 상실한 지 오래였다.

저벅.

독고월이 한 걸음 옮길 때마다 모두의 시선이 떨렸고.

"……."

시선조차 주지 않았음에도 풍기는 기도는 절로 고개를 숙이게 했다.

저벅.

한 발 더 내딛자.

스스스스슥.

빽빽이 에워쌌던 마교도의 인파가 반으로 쩍— 갈라졌다.

길이 난 것이다.

저벅, 저벅.

독고월은 홀로 그 길을 걸었다. 그 길의 끝엔 무림맹의 본성이 있었고, 그 중간지점엔 교주 초무진이 자리했다.

독고월의 호호탕탕 거칠 것 없는 행보.

그야말로 군림보(君臨步)다.

초무진이 다가온 독고월을 바라봤다. 우뚝 선 독고월에게선 적의나 살의 같은 게 없었지만, 초무진은 막대한 위압감을 받았다.

무정한 독고월의 눈빛이 초무진에게 꽂혔다.

"향후 십 년."

"……"

"그때라면 상관없소."

부르르.

독고월의 나직한 목소리에 초무진의 눈동자가 활활 타올랐다. 지금 당장 입술 떼 호통을 치고, 겁화처럼 치솟는 내력으로 단숨에 쳐죽이고 싶지만!

그게 생각만으로 그쳐야 한다는 건 이 자리의 모두가 잘 알았다.

독고월은 그 내심을 짐작한다는 듯이 친절히 말해줬다.

"궁이 얽혀있소. 그 증거는 여기서 멀지 않은 곳에 위치한 본인의 동료가 설명해줄 것이오."

최소한의 체면은 세워주려는 의도가 먹혔을까.

아니면 독고월이 말한 궁이란 한 글자에 깨달음을 얻었을까.

교주 초무진은 침묵을 택했다. 그 귓전으로 상세한 위치가 전음으로 들려왔다.

"……"

"……"

독고월은 그에게 대답을 강요하지 않았다. 가볍게 포권을 취해 보이고는 다시 걸음을 옮겼다.

저벅, 저벅.

그 거칠 것 없는 군림보에 모두가 주목했다.

독고월은 군웅의 집중된 시선에도 아랑곳하지 않았다. 그리고 제갈현군을 넌지시 바라봤다.

휙!

훌쩍 뛰어오른 독고월이 제갈현군의 앞에 바로 섰다.

경악한 제갈현군의 시선은 물론이거니와, 남궁세가의 가주 남궁문희, 남궁민을 비롯한 남궁세가의 무인들이 보내는 믿을 수 없어 하는 시선들.

"나, 남궁일?"

남궁문희는 목소리마저 잘게 떨렸다. 아무리 젊어졌다고 해도, 같이 나고 자란 가족의 눈은 속일 수 없는 법이다.

독고월은 그 목소릴 외면하고, 한 마디만 툭 던졌다.

"휴전협정을 체결하시오."

과연 그게 가능하겠냐는 말은 물을 것도 없었다.

이미 마교의 군세는 썰물처럼 빠져나가는 중이었다.

무림맹의 무인들은 어안이 벙벙했지만, 눈앞에서 천신처럼 버티고 선 독고월의 모습을 보자니 가슴 벅찬 무언가가 느껴졌다.

가슴을 터트리고도 남을 감정이 무림맹 무인들의 얼굴에 머물렀다.

하지만.

휘이잉.

그 환호를 들어줄 대상은 이미 사라지고 없었다.

귀신이 곡할 노릇이었으나, 알만한 사람은 다 알았다.

신출귀행한 경공술로 독고월이 자리를 박차고 떠난 것
을.

감히 막거나, 또 물어볼 새도 없었다.

따로 그를 따라나서는 이들도 있었지만, 곧 모두 돌아와
야 했다.

도저히 그 행보를 도저히 쫓을 수가 없었으니까.

3

무림맹 본성 안의 어두침침한 지하(地下).

모두 네 사람이 자리하고 있었다.

은야와 가해월, 교주 초무진, 그리고 벌벌 떨고 있는 독
야까지.

초무진은 참혹하게 일그러진 얼굴로 독야가 준비한 화
탄들을 보았다.

하나같이 진천뢰보다 배나 강한 위력을 지닌 화탄이었
는데, 경악스러운 건 그 화력이 아니었다. 그 화탄 속에 존
재하는 독이었다.

이 화탄 하나만으로 끼칠 무인의 피해는 물경 백에 달할

정도로 악독한 물건이었다. 하지만 주목할 건 그 인명과 재산피해가 아니었다.

이 화탄이 불러올 끔찍한 결과였다.

화탄의 사용을 엄금하는 황궁인데, 만약 이곳에서 화탄이 터져 무림맹의 본성과 이곳에 사는 양민들이 몰살당했다면 어찌 됐을까?

무림맹이야 말할 것도 없고, 공격하는 마교의 입장에서도 더없이 황당한 일이 될 것이다. 그보다 더욱 황당한 건 그 죄를 고스란히 뒤집어쓸 마교에 있었다.

가해월의 환술에 속속들이 털어놓은 독야의 자백이 아니어도, 초무진은 이 끔찍한 참상이 초래할 결과를 잘 알았다.

황궁의 개입.

황궁의 정예병력인 백만 대군이 이곳을 들이치는 건 물론, 십만대산까지 넘을 명분이 생긴다면, 마교는 물론이거니와, 무림맹까지!

그야말로 이 강호는 끝장이었다.

홀로 남은 흑도맹은 문제 될 것도 없었다.

무림맹과 마교의 모든 전력이 집중된 이곳이 무너지면, 더 이상 강호란 말은 무색할 것이다.

초무진은 상상도 못한 흉계에 말문을 잃었다. 만약 그가 아니었다면 꿈에도 몰랐을 흉계였다.

"…그는 지금 어디 있나?"

초무진이 겨우 입술을 뗀 말이었다.

가해월은 어깨를 으쓱였다.

"어디겠어요?"

"그렇군. 멍청한 질문이었어."

교주 초무진은 참담하게 일그러진 눈빛으로 독야를 바라봤다.

"이놈을 데려가겠다."

"그럴 수 없어요."

가해월이 단박에 거절했다.

초무진의 기세가 흉흉해졌지만, 은야가 그 앞을 막아섰다.

"감히 본좌의 앞을……."

"무림맹의 군사와 흑도맹주도 이곳으로 오고 있어요."

가해월이 하얗게 변한 눈으로 주절댔다.

천안통이었다.

교주 초무진도 천안통에 대해서 어느 정도 아는지 침음을 흘렸다.

거짓말이 아니라는 건 금방 알게 됐다.

제갈현군과 사도명의 기척이 느껴졌다. 그리고 뒤따르는 여러 개의 기척 중엔 마교의 장로들도 있었고, 흑화들, 무림맹의 원로들과 무명자들도 있었다.

마교 만의 문제가 아니었다.

이 강호에 있는 모든 이들이 안고 가야 할 큰 문제다.

짝.

가해월은 싱긋 웃고는 독야의 뒤통수를 찰지게 후려갈
겼다.

"휴전협정을 체결하고, 넘겨드리죠. 어차피 동네북이
될 신세니까."

그 무시무시한 말에 독야는 게거품을 물며 살려달라고
빌었지만, 가해월에겐 씨알도 안 먹혔다. 그저 애달픈 눈
빛으로 이곳에 없는 그와 그녀를 떠올리고 있었다.

4

화려하기 그지없는 황궁.

천제의 아들이 머물고 있다는 구중심처에 누군가 들어
왔다.

그것도 매우 당당하게.

금의위(錦衣衛)들과 황제를 지키는 은밀한 수신호위들
은 이미 바닥에 널브러져 있었다. 물론 죽은 이들은 없었
다. 숨만 쉬고 있었지만, 기식이 엄엄한 상태는 아니다.

상처 하나 없이 일제히 제압당한 것이다.

측정할 수 없는 신위을 보인 고수.

황제는 눈앞의 잘난 사내를 지그시 바라봤다. 사내가 바로 믿을 수 없는 신위를 보인 자였다.

"…해서 거둬달라?"

"그렇습니다."

"참으로 오만방자하기 이를 데 없는 자로구나. 감히 짐의 거처를 무단으로 침입하는 것도 모자라, 아끼는 수하들까지 모조리 상하게 해놓고, 무례한 거래까지 제안하다니. 이래서 짐이 강호인들을 탐탁지 않게 여기는 것이다."

"……."

독고월은 황제의 고리눈을 마주 보지 않았다. 천천히 부복했다.

황제가 살짝 놀랐다.

거인이 거인을 알아본다고.

황제는 눈앞의 사내가 보통이 아님을 잘 알았다. 구중심처에 숨은 자신을 찾아낸 것만 해도 대단한 능력이지만, 그보다 더 대단한 건 이 사내의 태도였다. 사내가 손만 뻗으면 천제의 아들이라는 황제의 목숨쯤은 파리목숨보다 못한 처지가 됨을 잘 알았다.

그럼에도 불구하고.

사내는 경천동지할 실력과 기세로 황제를 억압하지 않았다. 그렇다고 황제 앞에서 비굴하지도 않았다. 시종일관 물 흐르듯 한 담담한 태도였다.

황제는 그 점이 마음에 쏙 들었다. 사내가 전한 야주 담천의 죽음은 머릿속에서 사라진 지 오래였다. 무너진 대계도 눈앞의 사내를 보자니 충분히 그럴만하다고 여겨진다.

사내는 걸출한 용(龍)이었다. 인세에 다시 없을!

대계를 엉망으로 만든 당사자임에도 찾아온 건 분노가 아니었다.

등용(登用).

이 사내를 어떻게든 휘하에 두고 싶다.

기실 황제는 안달이 난 상태였다.

이 사내라면.

눈앞의 이 사내만 있다면.

중원을 넘어선 세상을 꿈꿔도 될 성싶었다.

강호 따위는 문제도 아니다.

황제는 천금보다 귀한 공주 무혜를 떠올렸다. 척 보자마자 천방지축인 무혜의 부마로 점찍었을 정도다.

그런 황제의 의중을 아는지 모르는지.

공주의 부마가 될지 모를 사내, 독고월은 품속에서 한 가지 물건을 꺼냈다.

황제는 의아한 얼굴로 바라보다가, 벌떡 일어났다. 기름진 용수염이 출렁일 정도로 경악한 얼굴이었다.

"그, 그건!"

말까지 더듬은 황제는 체면도 잊고 부리나케 달려왔다.

독고월은 전설의 운철로 만들어진 철궤 안에 들어있던 그걸, 두 손으로 공손히 받쳐 들었다.

황제가 빼앗길 새라 잡아챈 그것은 바로 옥새(玉璽)였다. 격정마저 어린 표정으로 되물었다.

"지, 진품이렷다!"

사실 말할 것도 없었다. 옥새를 보자마자 황제는 단박에 알아챘다.

잃어버린 옥새가 제자리를 찾아왔음을.

독고월이 나직이 읊조렸다.

"이미 하늘 아래 존재하는 천하 만물의 고귀한 주인이십니다. 한데 어찌 천하 만물의 주인이 이끌어야 할 백성인 저희를 내치시려 합니까? 저희를 보듬어주십시오. 그 하해와 같은 성은을 입게 해주십시오. 저희 또한 피를 쏟고, 땀을 내는 백성에 불과합니다."

"......"

황제는 말이 없었다.

독고월이 나직한 목소리로 말을 이었다.

"도는 만물의 주인이니 선한 사람에게는 보배이며, 선하지 않은 사람에게는 보배로 삼아야 할 것입니다. 아름다운 말을 하면 장사를 할 수 있고, 존귀한 행동을 하면 남보다 뛰어날 수 있습니다. 사람의 불선함을 어떻게 버릴 수 있겠습니까? 그 때문에 천자를 세우고 삼경을 둔 것 아닙니까?"

말을 마친 독고월은 조용히 고개를 들었다.

곰곰이 생각에 잠긴 황제도 잘 알고 있었다.

"노자의 말이로군."

그렇기에 그가 전하려는 뜻을 어렴풋이나마 알 것 같았다.

영왕이 되는 길.

꼭 그것이 한 길일 리가 없다는 것.

그렇기에 발칙한 느낌을 지울 순 없지만, 마음이 흔들리는 건 사실이었다.

거기다 도둑맞은 옥새마저 제자리를 찾아왔다.

천만금과 벼슬을 아니, 부마도위를 내리고도 부족하다.

황제는 기꺼운 표정으로 고개를 끄덕였다.

"받아들이지. 단, 조건이 있……!"

물론 황제는 채 말을 끝맺지 못했다. 참으로 발칙하게도 놈이 순간 사라졌기 때문이었다. 빈자리를 보는 용의 수염이 파르르르— 떨렸다. 기어코 황제의 입에서 일갈이 터져 나왔다.

"이런 발칙한 사람을 봤나—!"

황제는 체면도 잊고 발까지 동동 굴렀지만, 이미 떠난 배였다.

역시 독고월은 독고월이었다.

끝까지 막 나갔으니까.

그리고……

독고월이 모습을 드러낸 곳은 모든 곳이 시작된 곳이었다. 황궁으로 가기 전 가해월로부터 언질을 받았던 그였기에, 뒤도 안 돌아보고 달려왔다.

남궁일이 천명을 다한 절벽에서 멀지 않은 그곳.

고산의 화전민촌으로.

담천에 의해 엉망이 된 이곳에서 유일하게 무사한 집이 보였다. 가해월이 어떻게든 지키려고 애를 썼기에 보존된 곳이다.

그곳에 도착한 독고월을 비추는 환한 햇살.

"……."

벌컥.

독고월은 말없이 그곳의 문을 열어젖혔다.

그리고 환한 빛의 장막 속에서, 등 돌리고 서 있는 그녀를 바라보았다.

보기만 해도 황홀해지는 단아한 자태였지만, 독고월의 눈빛은 여상했다. 오히려 피식 웃음까지 나왔다.

"잠깐 다녀온다는 게 얼마나 흐른 건지 모르겠군."

"천칠백 냥은요?"

"······."

물론 독고월의 웃음이 딱딱해지는 건 시간문제였다.

"마련해온다면서요? 온갖 핑계를 댔던 걸로 기억하는데요?"

"······."

망할 년, 설마 그날 했던 말이 진심이었을 줄이야.

독고월은 품을 뒤적였다. 주섬주섬 꺼내 든 전표를 건네줬지만, 그녀는 받지 않았다.

그녀의 등만이 서서히 돌려질 뿐이었다.

그리고.

저 하늘의 햇살보다 눈부시게 환한 미소가 시야를 그득 메웠다.

독고월도, 그녀도.

서로 바라만 봤다.

이윽고 떼어진 입술은 그녀 쪽이었다.

"다녀왔어요."

고저 없는 그 목소리는 물음인지, 그냥 보고하는 건지 모를 일이나.

독고월은 지금껏 볼 수 없었던 그윽한 미소를 입가에 그려줬다.

말이 없어도 서로 마주 보는 눈빛에 담긴 의미는 하나였
다.

잘 돌아왔다고.

〈終〉